哈,阅读还可以这样有趣!

趣文悦读

丛书主编　吴庆芳

本册主编　吴明亮

参　编　喻祖亮　白相兰　王　立

　　　　张红梅　李美红　张　萍

　　　　郑　慧

五年级

机械工业出版社

CHINA MACHINE PRESS

本书是新颖的帮助学生提升阅读能力的辅导书。选文都是题目有趣、内容有趣、写法有趣的阅读材料，能大大提高学生的阅读兴趣，并根据阅读材料，为五年级学生精心设计了包括基础题、阅读理解感悟题和开放探究题在内的各类经典练习题，能够让学生在轻松阅读的基础上，有针对性地快速提高语文阅读成绩。

图书在版编目（CIP）数据

趣文悦读. 五年级/ 吴庆芳丛书主编　吴明亮本册主编.
—北京：机械工业出版社,2011. 5
（优博书系）
ISBN 978-7-111-34783- 5

Ⅰ. ①趣…　Ⅱ. ①吴…②吴…　Ⅲ. ①阅读课—小学—教学参考资料　Ⅳ. ①G624. 233

中国版本图书馆 CIP 数据核字（2011）第 093075 号

机械工业出版社（北京市百万庄大街 22 号　邮政编码 100037）
策划编辑：徐曙宁　责任编辑：徐曙宁　王　虹
责任印制：杨　曦
北京鑫海金澳胶印有限公司印刷
2011 年 6 月第 1 版第 1 次印刷
184mm×260mm · 8. 5 印张 · 187 千字
0001—10000 册
标准书号：ISBN 978-7-111-34783- 5
定价：15. 50 元

凡购本书，如有缺页、倒页、脱页，由本社发行部调换

电话服务

社服务中心：(010)88361066
销 售 一 部：(010)68326294
销 售 二 部：(010)88379649
读者购书热线：(010)88379203

网络服务

门户网:http://www.cmpbook.com
教材网:http://www.cmpedu.com
封面无防伪标均为盗版

前 言

　　阅读是搜集处理信息、认识世界、发展思维、获得审美体验的重要途径之一；阅读是进行语言文字基本功和语文技能训练的主要形式之一；阅读是语文学习最重要、最基本也是最直接的方法之一。无数事实证明：阅读能力强，则语文能力强；阅读成绩优，则语文成绩优。为了帮助同学们快速提优语文阅读水平，提升语文综合能力，我们组织一线语文特级教师、高级教师编写了"趣文悦读"丛书。本丛书的特点如下：

一、精选阅读文章

　　俗话说得好："兴趣是最好的老师，兴趣是成功的先导。"要想阅读好，兴趣很重要，因此，我们从兴趣入手，精选从标题、内容、写法等方面趣味性很强的美文，以期激发学生的阅读兴趣。另外，本丛书的选文语言优美，极具示范与积累价值；选文的体裁、题材、风格多样，内容新颖、适宜，极具阅读训练价值。

二、精设阅读栏目

　　趣点直击：从题目、内容、写法等方面直接点明文中的趣点，帮助学生迅捷地了解选文的内容，激发学生的阅读与训练兴趣。

　　悦读优练：针对选文和学生的认知水平，精心设计阅读训练题，既有基础训练题，也有阅读理解感悟题，还有开放探究题。题型丰富，题量充足，完全与学生平时的阅读训练和考试一致。

　　快乐积累：呈现与选文相关联的归类成语、歇后语、格言警句、古诗文、名言名句等，供学生随文积累。

　　畅游百科：在绝大部分选文的最后，都对选文中的知识、现象和问题进行解释和说明，以丰富学生的知识，开阔学生的视野。

　　综上所述，用此书进行阅读训练，可以使同学们的语文阅读兴趣更浓，阅读能力更优，还能增强积累，增添知识，提高综合素质。

　　由于作者水平有限，书中难免有纰漏之处，恳请广大读者批评指正。

编　者

目　录

感受童真童趣

1　他们是玩真的

一个 10 岁的小学生发现五年级的数学实在是他这一生中最难的功课。

请家教、问同学、看 CD 教学片都没用。

最后父母决定把孩子转进私立小学,不是普通的私立小学,而是一所天主教学校。

开学第一天,小家伙放学回来后,径自回房把门关起来。

辛苦学习了两个小时,出来吃个饭就又直接回到楼上,认真做功课直到就寝。

小家伙天天如此用功,终于到发成绩单的日子。

那天,孩子走进家门,把信封丢在餐桌上,就径自回房做功课。他父母亲打开成绩单,让他们惊奇的是数学成绩居然是 A。

他们欣喜万分地冲进儿子的房间,为他的进步激动不已,更想知道究竟是什么原因使他产生了这么大的转变。

"是因为那些修女吗?"爸爸问。

"不是。"儿子回答。

"是因为课前的祷告吗?"妈妈问。

"不是。"

"是教科书、老师,还是课程安排?"爸爸问。

"都不是。"

"那是什么原因呢?"妈妈问。

"进学校的第一天,我看见一个人被钉在加号上面,我知道……他们是玩真的。"

摘自《新青年·珍情》2009 年第 8 期

趣点直击

在一个天真的孩子眼里,天主教学校里那钉在十字架上的耶稣的形象,就是对数学学不好的人的惩罚,于是,一个最头疼数学的孩子,变得勤奋起来,数学成绩也有了飞跃,真是歪打正着!"他们是玩真的",这种误解造成的恐惧竟成了学习的动力。可见,来自内心的动力是多么神奇啊!

 悦读优练

一、说说下面各组中加点词的意思。

　　1. 就

　　① 他每天都认真做功课直到就寝。(　　)

　　② 这件事不是你做的就是他做的。(　　)

　　③ 竺可桢在气象学方面取得了伟大的成就。(　　)

　　2. 丢

　　① 孩子走进家门,把信封丢在餐桌上,就径自回房做功课。(　　)

　　② 他的成绩单在回家的路上丢了。(　　)

　　③ 你这种行为真是丢人哪!(　　)

二、将下面的长句变成两个短句。

　　一个10岁的小学生发现五年级的数学实在是他这一生中最难的功课。

_____

三、读句子,回答问题。

　　1. 开学第一天,小家伙放学回来后,径自回房把门关起来。

　　(在文中找一个"径自"的近义词,从"径自"你看出小男孩的什么变化?)

_____

　　2. 他们欣喜万分地冲进儿子的房间,为他的进步激动不已。

　　(哪个动词最能表现他们的"欣喜"?"不已"是什么意思?)

_____

　　3. 小家伙天天如此用功,终于到发成绩单的日子。

　　("如此"指的是怎样的情形?)

_____

四、读本文最后一段,说说文中的小孩子是怎么想的,"他们是玩真的"具体包含哪些内容?

_____

_____

五、找一找学校某处具有励志意义的景观,描写下来。

_____

_____

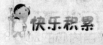 快乐积累　有关"勤奋"的名言

　　业精于勤而荒于嬉,行成于思而毁于随。　　——韩愈

　　聪明出于勤奋,天才在于积累。　　——华罗庚

2

书山有路勤为径,学海无涯苦作舟。　　　　　　　　　　　　——韩愈

勤劳一日,可得一夜安眠;勤劳一生,可得幸福长眠。　　　——达·芬奇

形成天才的决定因素应该是勤奋。　　　　　　　　　　　　——郭沫若

人的大脑和肢体一样,多用则灵,不用则废。　　　　　　　——茅以升

成功＝艰苦劳动＋正确方法＋少说空话。　　　　　　　　——爱因斯坦

天才就是百分之九十九的汗水加百分之一的灵感。　　　　　——爱迪生

艺术的大道上荆棘丛生,这也是好事,常人望而却步,只有意志坚强的人例外。

　　　　　　　　　　　　　　　　　　　　　　　　　　　　——雨果

畅游百科

为什么人的皮肤会有不同的颜色?

　　世界上存在着黄种人、白种人、黑种人等,全球人类肤色的不同是自然选择的结果,其作用是调节紫外线辐射对人体重要营养物质的影响,以保证人类繁衍的成功。

　　皮肤的颜色,主要是由皮肤内黑色素的多少决定的。人的皮肤所含有的黑色素多少不一,也就形成了不同肤色的人种。黑色素是一种黑色或棕色的颗粒,能阻挡阳光中对人体有害的紫外线。人类皮肤的颜色,是进化过程中适应自然环境的结果。阳光中的紫外线能帮助人体合成维生素D,增强人体对疾病的抵抗力。紫外线过多或过少对人体都是不利的,而黑色素如同遮光的"伞",起到阻挡紫外线的作用。

2 湖上行走

◆石　童

　　在阿尔卑斯山脚下一个偏僻的小山村里,住着汤姆一家。小汤姆很早就听他80多岁的祖母说,他们家族有一项传统,就是每个男孩10岁生日的那天晚上的零点时分,都要到村旁那个被大伙称为"神圣的湖"的湖中心去一趟。那一刻,神圣的湖会给予汤姆家族的男孩一种神奇的力量,不依靠任何器具,就能够行走在湖面上。祖母又强调说,从小汤姆的爸爸,到小汤姆的爸爸的爸爸,再到爸爸的爸爸的爸爸都经历过这样的事情,千真万确!

　　小汤姆为这个传闻所激动,盼望着能快快长大,等到10岁,自己就能像电影中的超人一样,行走在湖面上了。

　　终于,这一天到来了。今天就是小汤姆的10岁生日,今天晚上,他就约上最好的朋友约翰,一起去完成这伟大的使命。为什么一定要带上约翰?一是半夜三更,划船到湖中心,小汤姆心里害怕;二是总得有个人见证一下,小汤姆还特意吩咐约翰带上照相机。

　　小汤姆与约翰是夜里10点钟,偷偷从自己的房间爬窗户溜出家门的。两人来到湖边,跳上早早准备好的小船,一齐划向湖中心。

　　天上有只大大的月亮,照得四周明晃晃的,只听见船桨划动水面的声音与四周不时传来的

蛙鸣声(当时正是 7 月)。

　　小汤姆与约翰都很兴奋,划桨划得飞快,11 点不到就到湖中心了。两人不时看着表,很不耐烦地在船上等着。

　　11 点 50 分,11 点 55 分,约翰早早地举起相机,11 点 59 分 30 秒,11 点 59 分 58 秒,神圣的时刻终于来临,奇迹即将诞生。

　　小汤姆以非常优雅的动作跨出船帮,走向水面。

　　"扑通"一声,随后是撕心裂肺的救命声(小汤姆的水性并不好)。

　　多亏了约翰奋不顾身相救,两个男孩才浑身湿漉漉地爬上船。等小汤姆狼狈地、哆嗦着、惊魂未定地敲开父母的卧室门,出现在父亲面前时已经是凌晨两点钟了。他问道:"爸爸,你和爷爷、爷爷的爸爸有没有在 10 岁生日的那天晚上,行走在湖面上?"

　　爸爸的回答简单而明了:"有啊,只不过我们的生日在 1 月,而你的生日在 7 月。"

趣点直击

　　祖母的故事似乎是天方夜谭,小汤姆不仅没有在生日那天晚上获取神奇的力量,实现水上行走的梦想,反而掉进水里而浑身湿漉漉,狼狈不堪,原来,祖母说的水上行走的故事,是发生在结冰的 1 月啊! 当小汤姆为自己伟大的使命激动不已的时候,却忽略了时机选择的问题,因此才有那样惊险的一幕。

悦读优练

一、写近义词和反义词。

　　1. 写近义词。

　　诞生——( )　　　优雅——( )　　　来临——( )

　　2. 写反义词。

　　偏僻——( )　　　兴奋——( )　　　神奇——( )

二、写几个含数字的成语。

　　千真万确　　_____　　_____　　_____

三、说说下面句子中的"这"分别指代什么。

　　1. 小汤姆为这个传闻所激动,盼望着快快长大。　　　　　　　　　　　　( )

　　2. 终于,这一天到来了。　　　　　　　　　　　　　　　　　　　　　( )

　　3. 今天晚上,他就约上最好的朋友约翰,一起去完成这伟大的使命。　　　( )

四、文中的哪些描写表现了小汤姆渴望水上行走的急切心情?

　　_____

　　_____

　　_____

五、小汤姆生日晚上经历的一幕可说是惊心动魄,读了本文,你想对小汤姆说什么?
　　请把要说的话写下来。

_____

_____

_____

含·数·字·的·成·语

一心一意	一分为二	不三不四	三心二意	四面八方	四通八达
五光十色	五颜六色	六神无主	七零八落	七上八下	五花八门
半斤八两	九牛一毛	九死一生	九牛二虎之力	十全十美
十万火急	百花齐放	百家争鸣	千军万马	千载难逢	万紫千红

善变的冰与水

　　你知道吗?冰变成水体积减小,水变成冰体积变大。那是因为,水分子之间有很强的氢键,通常情况下,水分子不是一个一个地存在,而是好多个连在一起,就像石头,如果是冰,就好比很多巨石堆在一起,因为有空隙,所以占据空间较大;如果是水,就好比是把巨石磨成了石粉,占据的空间较小了。

3　我有六个……

◆金建华

　　嘎拉西米城里有所小学校。有一天,小学校里转学来了一名新生,名叫米童,被分在了二年级三班。

　　二年级三班有几个出名的捣蛋鬼,他们专爱搞恶作剧,每天总要弄出几个新花样来。

　　现在,米童成了他们作弄的对象。首先,他们对米童的名字大做文章,因为它让人联想到装米的米桶。

　　"你家有几个米桶?"他们故意这样大声问来问去。

　　"一个米桶能装多少米啊?"

　　"要米桶干什么?"

　　"对!米桶滚一边去!"

　　他们就像一群好斗的蟋蟀,叫着、喊着,一边还夸张地挤眉弄眼。

　　他们觉得这样还不过瘾,又接连想出了好些个讨厌的玩笑。

　　做作业时,米童打开笔盒,发现里面放了一块烂香蕉皮,文具都被弄得粘糊糊的。

　　米童是个好脾气的男生,他不想报告老师,也不想报复,默默地把笔盒清理干净。他认为他们不久就会觉得没趣的,然后会让他安心地学习。

但事情绝不像米童所想的那样,捣蛋鬼们认为他老实好欺负,愈发肆无忌惮,玩笑开得越来越厉害。

忍耐是有限度的,米童已经忍到极限了。

这天的数学课,老师留了一半时间让大家做习题,米童做完习题,在征得老师同意后,去了一趟厕所。

他回来翻开作业本一看,惊得目瞪口呆:所有做好的习题被擦了个一干二净!

不用说,又是他们!实在太过分了。

此时的米童已经把忍耐远远地抛在了脑后,他开始考虑怎么惩罚这些捣蛋鬼。

他想了整整一个下午,外加一整个傍晚。第二天一大早,他终于有了一个主意。

他来到学校,看见那些个捣蛋鬼都在操场上,立即挥舞起书包,绕着操场飞跑,一边跑一边大声喊叫:

"我有六个!我有六个!"

"六个什么?"捣蛋鬼们好奇极了,边跟着跑边问。

米童来了个急刹车,跳到一边说:"如果你们想知道我有什么,得好好动动脑筋猜一猜。"

捣蛋鬼们停不住脚,互相挤作一团,他们睁着疑惑的眼睛看着米童,开始胡乱猜测。

"有了!"其中一个故作聪明地说。

"是什么?"其他捣蛋鬼异口同声地问。

"六个,六个圆溜溜的鸡蛋。"

"不对!不对!"米童摇头回答道。

捣蛋鬼们绞尽脑汁继续想。

"有了!"又一个说。

"是什么?"其他人把脑袋凑到他面前。

"六个红苹果,又大又甜。"

"不对!不对!"

接下来,每个捣蛋鬼都说出了自己的想法:

"六个风筝。"

"六个皮球。"

"六个书包。"

"不对!不是这个。"每次米童的回答都是一样的。

捣蛋鬼们想啊想,想得脑袋疼了,眼睛也变小了,他们一个个都急切地想要知道答案,否则简直受不了。

最后他们达成了一致的意见:只要米童说出秘密,他们以后决不再跟他作对,并且一切听他指挥。

"可是得发誓!"

"发誓就发誓。"捣蛋鬼们已经一刻也等不及了,一个个发了誓:"反悔就变小狗。"

米童笑了,大声说出了答案:"我有六个又坏又讨厌的同学,他们作弄别人,也作弄我,如今他们都在我的手心里。"

六个捣蛋鬼一听,气得差点昏过去。原来米童是在戏弄他们。但是已经发了誓,唉……

第一单元　感受童真童趣 ·····································

　　孩子自有孩子的智慧,孩子自有孩子的快乐。文中的米童以特别的方式制服了那几个出名的捣蛋鬼,真让人解气,也让人佩服! 他的机智与宽容可值得我们好好学习哟!

悦读优练

一、给下面的多音字注音组词。

刹{＿＿＿(　　)　　好{＿＿＿(　　)　　没{＿＿＿(　　)
　＿＿＿(　　)　　　＿＿＿(　　)　　　＿＿＿(　　)

二、补充词语。

　　肆无(　)(　)　　　挤(　)弄(　)　　　目(　)口(　)
　　一(　)二(　)　　　(　)口(　)声　　　(　)(　)脑汁

三、本文是按事情发展的顺序叙述的,主要故事情节是:米童被捣蛋鬼作弄→米童决定惩罚捣蛋鬼→米童戏弄捣蛋鬼。请你根据这一叙事的线索,用 ‖ 给本文分段。

四、米童是怎样惩罚捣蛋鬼们的?

　　_____

　　_____

五、说说下面加点的词语在表达上的作用。

　　1. 米童是个好脾气的男生,他不想报告老师,也不想报复,默默地把笔盒清理干净。

　　_____

　　2. 此时的米童已经把忍耐远远地抛在了脑后,他开始考虑怎么惩罚这些捣蛋鬼。

　　_____

　　3. 六个捣蛋鬼一听,气得差点昏过去。

　　_____

六、用自己的话说一说,捣蛋鬼们发的誓是什么?

　　_____

　　_____

快乐积累

关于"宽容"的小故事

　　陶行知先生任育才学校校长时,一天,他看到一名男生用砖头砸同学,遂将其制止,并责令他到校长室等待。陶先生回到办公室,见男生已在等候。陶先生掏出一块糖递给他:"这是奖励你的,因为你比我按时到了。"接着又掏出一块糖给他:"这也是奖励给你的,我

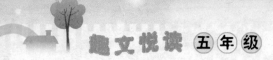

不让你打同学,你立即住手了,说明很尊重我。"男生将信将疑地接过糖果。陶先生又说:"据了解,你打同学是因为他欺负女生,说明你有正义感。"陶先生遂掏出第三块糖给他。这时,男生哭了:"校长,我错了,同学再不对,我也不能采取这种方式。"陶先生又拿出第四块糖说:"你已认错,再奖励你一块,我们的谈话也该结束了。"人生的路上,每个人都有犯错误的时候。面对他人的错误,宽容往往比苛责与批评更让做错事的人悔悟。

畅游百科

为什么每个人的指纹不一样?

指纹是由遗传基因决定的,而且指纹一旦形成,就成为某个人终生不变的一种标志。即使用火烫、用刀割、用化学药品腐蚀手指表面,可是等伤口痊愈后,指纹依然不变。指纹由不同长短、形状、粗细、结构的纹线组成,分斗、箕、弓三种基本类型。从指纹可看出遗传规律和某些疾病的迹象,如有一种先天性痴愚病,这种病人的指纹便不同寻常。所以,科学家正不断探索研究利用指纹以及掌纹和足底纹等诊断疾病。此外,科学家已研制出了一种"指纹钥匙",这种"钥匙"就是人的指纹。只要用手指按一下设在门上的计算机,门就能自动打开。

4 球星马嘴

◆ 任 伦

儿子13岁,最大的乐趣就是谈足球。只要一有工夫,他就随便拈一位足球明星侃一阵。他说老球王贝利这辈子踢进了一千多个球,但是贝利却不是他的真名,而是绰号,相当于"王二娃"之类的小名。他还说,在第十四届世界杯赛上,球星里杰卡尔德和沃勒尔在球场上发生摩擦,彼此怀恨,决定进行一场决斗,决斗的方式是——双方站在两米远的地方相互吐口水。

儿子谈得最多的是他们学校足球队的一位赫赫有名的球星——马嘴。一天,儿子说他们进行了一场比赛,马嘴一连进了三个球。

"太棒了,"我大为惊奇地说,"他打的哪个位置?"

"他是守门的。"儿子半天才回答。

看来马嘴是个蹩脚球星,竟然连失三个球。儿子说:"那都怪马嘴的老爸,没有给儿子足够的零花钱,害得马嘴没钱买汽水喝。马嘴守门时老想着喝汽水,所以才被对方踢进三个球。只要马嘴吃上几支娃娃脸冰淇淋,守起门来可厉害啦。"

几天之后又传来马嘴的坏消息:"他开球时,一脚把球开进自家网底,让对方球队不战而胜。"儿子替马嘴抱不平:"全怪他老爸,晚上逼儿子做作业直到深夜,搞得儿子晕头转向,弄不清哪头是哪头。"儿子大骂马嘴的老爸:"纯粹是个土匪,法西斯暴徒!"

一次,儿子沮丧地说:"马嘴打完下场球就不想再踢足球了。"我问:"是不是又是他老爸的缘故?"儿子气愤地回答:"当然!他老爸从来都不关心他打球,一回家只知道看儿子的作业本

上是不是得了 100 分,好像儿子是一架考试的机器,他太没良心了。"

这天,儿子的学校跟另一所学校的足球队进行了一场激烈的比赛。我正好去学校拜访他的老师,有幸看了球赛的最后十分钟。双方打成二比一,儿子的学校球队暂时领先。我看见马嘴没上场,估计被叫下去坐冷板凳了,只有我儿子守门。对方一个单刀赴会,起脚打门,只见我儿子飞身扑去,球扑住了,但他同时也挨了一脚,疼得直打滚。但他爬起来继续比赛。最后,儿子的球队赢了。没想到儿子这么勇敢。要是马嘴在,那个球估计就保不住了。

"你们队的马嘴为什么没上场?"我笑着问儿子的同学。

"马嘴?"一位同学眨眨眼说,"你儿子的绰号就是马嘴,你不知道吗?"

趣点直击

真有趣,老爸天天听儿子讲球星马嘴的事儿,却压根没想到马嘴就是儿子的绰号。多么聪明可爱的儿子,为了让老爸更多地关心自己,为了让自己能够投入地去踢球,竟采用这样特别的方式!家长们,给孩子多一点关怀和呵护吧,为了孩子更快乐的成长。

悦读优练

一、给生字注音,并组词。

拈( )( )　　侃( )( )　　绰( )( )　　蹩( )( )

二、根据语境解释词语的意思。

1. 赫赫有名:_____

2. 摩擦:_____

三、本文开头写到贝利等几位球星,他们与"马嘴"的出场有什么关系呢?

_____
_____
_____
_____

四、儿子对老爸有哪些不满和抱怨?

_____
_____
_____

五、有老爸观看的时候,儿子的表现怎样?

_____
_____
_____

六、老爸从同学口里知道了"马嘴"就是自己的儿子后,回家对儿子会说什么?

_____

_____

_____

_____

快乐积累

描·写·"·情·绪·"·的·词·语

大喜过望	心平气和	平心静气	暴跳如雷	心有余悸	惊魂未定	心安理得
心如刀割	心如死灰	心驰神往	心旷神怡	心乱如麻	心胆俱裂	心神不定
心神恍惚	心悦诚服	心惊肉跳	心花怒放	心慌意乱	心烦意乱	心惊胆战
心猿意马	心潮澎湃	乐不可支	乐以忘忧	百感交集	感慨万端	欢天喜地
欢欣鼓舞	悲痛欲绝	忧心如焚	忧心忡忡	闷闷不乐	欣喜若狂	快快不乐
柔肠寸断	悔恨交加	惊喜交集	喜不自胜			

畅游百科

为什么喝汽水使人感觉凉爽?

因为在制作汽车的过程中,小苏打与柠檬酸(或酒石酸),经化合反应生成大量的二氧化碳,二氧化碳在压力作用下大量溶于水中。喝的时候,汽车从封闭的瓶中进入口腔和肠胃,压力减小,二氧化碳会从水中大量跑出,而肠胃不吸收二氧化碳,二氧化碳从口腔跑出带走大量热量,因此使人感觉凉爽。

5 播种希望

◆康纳德·克奇尔

每年夏天,我都要随父母去内布拉斯加州爷爷那里。爷爷佝偻着身子,瘸腿。听爸爸说,爷爷年轻时很英俊、能干。他做过教师,26 岁时就当选为州议员了。可是,正当生活如日中天的时候,他患了病——严重的中风,后来就变成了这个样子。

"爷爷,我长大了,也要来农场,种庄稼!"一天早上,我兴致勃勃地说出我的愿望。

"那,你想种什么呢?"爷爷笑了。

"种西瓜。"我答道。

爷爷棕色的眼睛快活地眨了眨:"那么让我们赶快播种吧!"

我从邻居玛丽姑妈家要来五粒黑色的瓜子,取来了锄头,在一棵大橡树下,爷爷教我翻松了泥土,然后把西瓜子撒下去。忙完了一切,爷爷说:"接下去就是等待了。"

那天下午,我不知跑了多少趟——去查看我的西瓜地,也不知为它浇了多少次水,快把西

瓜地变成了一片泥浆。可是，直到傍晚，西瓜苗却连影子也没有。晚餐桌卜，我问爷爷："我都等了整整一下午了，还要等多久？"

爷爷笑着说："你这么专心地等待，也许苗会早点长出来的。"

第二天早晨　我一起床就往瓜地里跑　咦　一个大大的滚圆滚圆的西瓜正瞅着我笑呢　我兴奋极了　我种出世界上最大的西瓜了

后来，我才知道，这个西瓜是爷爷从家里搬到西瓜地里的。他本来可以告诉我：在内布拉斯加州种不出西瓜，八月中旬也不是种瓜的时节，而且树阴下边也不宜种瓜……但是他没有这么做，而是让我真正体验了"成功"的滋味，在我——一个不懂事的孩子的心里，播下了一颗希望的种子。

趣点直击

只要"我"想，没有什么不可能！即使是在不宜种瓜的地方，不宜种瓜的季节，"我"播下的希望的种子也一样能结出成功的"瓜"。爷爷的做法看似荒唐，可其用心是良苦的，他让"我"真正体验了"成功"的滋味，让"我"在以后的人生之路上，敢想敢做，努力去追求成功。

一、在文中缺标点的地方加上合适的标点。

二、说说文中加点词的意思。

   1. 如日中天：_____

   2. 兴致勃勃：_____

三、仿写句子。

   一个大大的滚圆滚圆的西瓜正瞅着我笑呢！（根据修辞手法仿写）

_____

四、文中的哪些句子写出了"我"盼望西瓜的急切心情？

_____

_____

五、写爷爷的经历与"我"种西瓜的事有什么联系？

_____

_____

_____

六、写一写自己的种植经历。

_____

_____

_____

_____

_____

快乐积累

冰·心·小·诗·欣·赏

（一）

童年呵！
是梦中的真，
是真中的梦，
是回忆时含泪的微笑。

（二）

嫩绿的芽儿，
和青年说："发展你自己！"
淡白的花儿，
和青年说："贡献你自己！"
深红的果儿，
和青年说："牺牲你自己！"

（三）

小弟弟呵！
我灵魂中三颗光明喜乐的星。
温柔的，
无可言说的，
灵魂深处的孩子呵！

（四）

小孩子！
你可以进我的园，
你不要摘我的花——
看玫瑰的刺儿，
刺伤了你的手。

 畅游百科

种子萌发有哪些条件？

（1）充足的水分

干燥的种子含水量少，一般种子要吸收其本身重量的25%～50%或更多的水分才能萌发，只有吸足水分，使种皮膨胀、软化，氧气才容易透入，种子内贮藏的营养物质溶解于水并经过酶的分解后才能转运到胚，供胚吸收利用。

（2）适宜的温度

种子萌发时，包括胚乳或子叶内有机养料的分解，以及由有机和无机物质同化为生命的原生质，都是在各种酶的催化作用下进行的。而酶的作用需要有一定的温度才能进行，所以温度也就成了种子萌发的必要条件之一。

（3）足够的氧气

在氧气充分的情况下，胚细胞呼吸作用逐渐加强，酶的活动逐渐旺盛，种子中贮藏物质通过呼吸作用，提供中间产物和能量，才能充分供应生长的需要。一般种子需要空气中含氧量在10%以上才能正常萌发，含脂肪较多的种子比含淀粉多的种子需要更多的氧气。

 6 小耗子长途旅行记

有一天,一只小耗子外出旅行。耗子奶奶给他烤了些路上吃的饼,把他送到了洞口。

小耗子是一大早出门的,到了傍晚才回来。

"啊,奶奶!"小耗子喊了起来,"要知道,原来我是最有力量,最灵巧,最勇敢的,可在旅行前我还不知道哩。"

"你是怎么知道的呢?"奶奶问。

"是这样的,"小耗子讲了起来,"我出洞以后,走呀走呀,来到了大海边,那海可大可大啦,海面上不停地翻着波浪! 可是我并不怕,我跳到海里就游了过去,连我自己都感到惊讶,我竟然游得这么好。"

"你说的大海在哪儿?"耗子奶奶问。

"我们老鼠洞的东边呀。"小耗子回答说。

"我知道,我知道这个海。"耗子奶奶说,"前些天有一只鹿在那儿走,一跺蹄子,蹄子印里积下了水。"

"那么你再接着往下听,"小耗子说,"我在太阳底下晒干了身子,又继续向前走。我见前边有一座高山,那山可高可高啦,山顶上的树把云彩都挂住了。我想,不能绕着这座山过去。我跑了几步,纵身一跳,就从山上跳了过去。甚至连我自己都感到惊讶,我怎么会跳这么高。"

"你说的那座高山我知道,"耗子奶奶说,"那是水坑后面的小草丘,上面长着草。"

小耗子叹了口气,但接着讲了下去:

"我继续往前走,只见两只大熊在打架。一只白色的大熊,一只棕色的大熊。他们吼叫着,一只熊要打断另一只熊的骨头,可是我没害怕,就扑到他们中间,硬是把他俩给分开了。甚至连我自己都感到惊讶,我一只小耗子竟然对付得了两只大熊。"

"原来你说的两只大熊,一只是白蛾,一只是苍蝇。"

说到这儿,小耗子伤心地哭了起来。

"闹了半天,我不是最有力量,最灵巧,最勇敢的呀……我游过去的是蹄子印,跳过去的是小草丘,分开的是白蛾和苍蝇。只不过如此啊!"

耗子奶奶笑了起来。

趣点直击

　　小耗子多么想成为"最有力量,最灵巧,最勇敢"的耗子呀,可是,令他扫兴的是:他游过去的是"蹄子印",跳过去的是"小草丘",分开的是"白蛾"和"苍蝇"。不过,他倒是能面对现实,很诚实。慈祥的耗子奶奶呀,多给他一些鼓励吧!

悦读优练

一、解释每组中加点词的意思。

　　1. 原来

　　① 原来我是最有力量,最灵巧,最勇敢的。(　　　)

　　② 我坐到了我原来的位置上。(　　　)

　　2. 才

　　① 小耗子是一大早出门的,到了傍晚才回来。(　　　)

　　② 我也是才来一会儿。(　　　)

　　3. 坑

　　① 那是水坑后面的小草丘,上面长着草。(　　　)

　　② 做生意可不能坑人骗人。(　　　)

二、补充句子。

　　1. 宽阔的大海＿＿＿＿＿＿＿＿＿＿＿＿＿＿＿＿＿＿＿＿＿＿＿＿＿＿

　　2. 巍巍的高山＿＿＿＿＿＿＿＿＿＿＿＿＿＿＿＿＿＿＿＿＿＿＿＿＿＿

　　3. 绿色的平原＿＿＿＿＿＿＿＿＿＿＿＿＿＿＿＿＿＿＿＿＿＿＿＿＿＿

三、小耗子为什么说他是"最有力量,最灵巧,最勇敢"的?

＿＿＿＿＿＿＿＿＿＿＿＿＿＿＿＿＿＿＿＿＿＿＿＿＿＿＿＿＿＿＿＿＿＿＿

＿＿＿＿＿＿＿＿＿＿＿＿＿＿＿＿＿＿＿＿＿＿＿＿＿＿＿＿＿＿＿＿＿＿＿

＿＿＿＿＿＿＿＿＿＿＿＿＿＿＿＿＿＿＿＿＿＿＿＿＿＿＿＿＿＿＿＿＿＿＿

四、在跟奶奶讲述一天的见闻的时候,小耗子有哪些情绪变化?

＿＿＿＿＿＿＿＿＿＿＿＿＿＿＿＿＿＿＿＿＿＿＿＿＿＿＿＿＿＿＿＿＿＿＿

＿＿＿＿＿＿＿＿＿＿＿＿＿＿＿＿＿＿＿＿＿＿＿＿＿＿＿＿＿＿＿＿＿＿＿

＿＿＿＿＿＿＿＿＿＿＿＿＿＿＿＿＿＿＿＿＿＿＿＿＿＿＿＿＿＿＿＿＿＿＿

五、奶奶为什么"笑了起来"?说说你的看法。

＿＿＿＿＿＿＿＿＿＿＿＿＿＿＿＿＿＿＿＿＿＿＿＿＿＿＿＿＿＿＿＿＿＿＿

＿＿＿＿＿＿＿＿＿＿＿＿＿＿＿＿＿＿＿＿＿＿＿＿＿＿＿＿＿＿＿＿＿＿＿

＿＿＿＿＿＿＿＿＿＿＿＿＿＿＿＿＿＿＿＿＿＿＿＿＿＿＿＿＿＿＿＿＿＿＿

＿＿＿＿＿＿＿＿＿＿＿＿＿＿＿＿＿＿＿＿＿＿＿＿＿＿＿＿＿＿＿＿＿＿＿

与·"·海·"·有·关·的·词·语

惊涛骇浪	波澜壮阔	波涛汹涌	翻江倒海	乘风破浪	大浪滔天	百川归海
碧海青天	八仙过海	醋海翻波	沧海横流	沧海桑田	沧海一粟	春深似海
大海捞针	刀山火海	堆山积海	法海无边	福如东海	天南海北	胡打海摔
海底捞月	海底捞针	火海刀山	恨海难填	河清海晏	海枯石烂	航海梯山
后海先河	海角天涯	海阔天高	海阔天空	海市蜃楼	五湖四海	

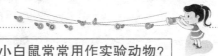

畅游百科

为什么小白鼠常常用作实验动物?

小白鼠是人类进行心理、生理学实验最常用的动物,因此,成了实验动物的代名词。第一,由于鼠繁殖快,饲养管理费用低,小白鼠的基因稳定。第二,试验用的白鼠都是近亲繁殖的,要求有相同的基因,白鼠应该是白化病的祖先近亲繁殖的结果。第三,白老鼠与人的基因相似。所以成为生物医学研究中广泛使用的实验动物,也是当今世界上研究最详尽的哺乳类实验动物。

7 征友启事

◆方崇智

小牛犊怪孤单的,一心想找个朋友。

它贴出了一张"征友启事",上面写道:"我想找个朋友:希望能陪我一起吃草,一起玩耍,一起晒太阳,一起学耕田。谁能做到以上几点,欢迎联系……"

"征友启事"刚刚贴出,大伙儿就争着去看。可是,山羊、猎狗、花猫和马驹,一个个兴奋地走来,又一个个摇着头离开了……

结果,一个朋友也没找到。

"唉,世界这么大,怎么连一个朋友也找不到?"牛犊向老牛诉苦。

老牛听完牛犊的怨言,笑着教它一个办法。

第二天,小牛犊又贴出一张"征友启事":

"我想找个朋友:希望能陪我一起吃草,或者一起玩耍,或者一起晒太阳,或者一起学耕田。谁只要能做到以上一点,就欢迎前来联系……"

新的"征友启事"刚一贴出,牛栏前就热闹起来,大家把小牛犊团团围住。

山羊说:"让我同你一起吃草!"

猎狗说:"让我跟你一起玩耍!"

花猫说:"让我陪你来晒太阳!"

马驹说:"让我伴你学习耕田……"

　　只一会儿,小牛犊就有了许多朋友。

　　从此,小牛犊懂得了一个道理:"对朋友'求全'就会失去所有的朋友;对朋友'求同',才会找到许多朋友。"

　　小牛犊起初为什么找不到朋友呢?因为在动物们看来,小牛犊交友的标准确实太高了,谁也不能同时具有那么多能耐啊!后来,它修改了征友启事,就拥有了众多的朋友。小牛犊悟出的道理,可适合我们所有的小朋友哟!

悦读优练

一、词语变魔术。

　　例:孤单——孤孤单单

_____　_____　_____

二、填空。

　　"大伙儿"指的是_____,动物们"兴奋"是因为_____,"摇着头离开"是因为_____。老牛教给小牛犊的方法是_____。

三、先读文中画波浪线的句子,再仿写句子,分别用上加点的词语。

　　1._____

　　_____

　　2._____

　　_____

四、新的"征友启事"与旧的"征友启事"贴出后,效果有什么不同?

　　_____

　　_____

五、"对朋友'求全'就会失去所有的朋友;对朋友'求同',才会找到许多朋友。"你赞同这句话吗?举一个生活中的事例说一说。

　　_____

　　_____

　　_____

六、你想找什么样的朋友呢?写一写。

　　_____

　　_____

　　_____

第二单元 走进童话世界

快乐积累 写·友·情·的·小诗

送元二使安西	送沈子福归江东
王 维	王 维
渭城朝雨浥轻尘,客舍青青柳色新。	杨柳渡头行客稀,罟师荡桨向临圻。
劝君更进一杯酒,西出阳关无故人。	惟有相思似春色,江南江北送君归。

鲜奶与酸奶有什么不同?

酸奶和牛奶不同的地方主要是它加了乳酸菌,因此牛奶中的乳糖会被分解成乳酸,而研究中发现乳酸和钙结合时,最容易被人体吸收,因此酸奶很适合青春期正在发育的青少年或更年期容易患骨质疏松症的妇女来饮用。此外,它营造了一个肠胃道酸性的环境,也能帮助铁质的吸收。

 8 在牛肚子里旅行

◆张之路

有两只小蟋蟀,一只叫青头,另一只叫红头。它们是一对非常要好的朋友。有一天,吃过早饭,青头对红头说:"咱们玩捉迷藏吧!"

"那得我先藏,你来找。"红头说。

"好吧!"青头说完,转过身子闭上了眼。

红头四面看了看,悄悄地躲在一个草堆里不做声了。

"红头,藏好了吗?"青头大声问。

红头不说话,只露出两只眼睛偷偷地看。它心想,我要一答应,就会被青头发现。

正在这时,一只大黄牛从红头后面慢慢走过来。红头做梦也没有想到,大黄牛突然低下头去吃草。可怜的红头还没有来得及跳开就和草一起被大黄牛吃到嘴里去了。

"救命啊!救命啊!"红头拼命叫了起来。

"你在哪儿?"青头急忙问。

"我被牛吃了……正在它的嘴里……救命呀,救命呀!"

青头大吃一惊,它一下子蹦到牛身上。可是那只牛用尾巴轻轻一扫,青头就给摔在地上。青头不顾身上的疼痛,一骨碌爬起来大声喊:"躲过它的牙齿,牛在这时候从来不会仔细嚼的,它会把你和草一起吞到肚子里去……"

"那我马上就会死掉了!"红头大哭起来。它和草已经一起进了牛的肚子。

青头又跳到牛身上,隔着肚皮和红头说话:"红头!不要怕,你会出来的!我听说,牛肚子里一共有四个胃,前三个胃是贮藏食物的,只有第四个胃才是管消化的!"

"可是,你说这些对我有什么用呢?"红头悲哀地说。

17

　　"当然有用，等一会儿，牛休息的时候，它要把刚才吞下去的草重新送回到嘴里，然后细嚼慢咽……你是勇敢的蟋蟀，你一定能出来！"，"谢谢你！"红头的声音几乎听不见了。它咬着牙不让自己失去知觉。

　　红头在牛肚子里随着草一起运动着。从第一个胃走到第二个胃。又从第二个胃来到了牛嘴里。终于，红头又看见了光明。可是它已经一动也不能动了。

　　这时，青头爬到了牛鼻子上，用它的身体在牛鼻孔里蹭来蹭去。

　　"啊欠！"牛大吼一声。红头随着一团草一下子给喷了出来……

　　红头看见自己的朋友，高兴地流下了眼泪："谢谢你……"

　　青头笑眯眯地说："不要哭，就算你在牛肚子里做了一次旅行吧！"

趣点直击

　　一只小蟋蟀不小心被一头牛吃到了肚子里，看来是难逃厄运了，可是在它的好朋友的鼓励和帮助下，它却化险为夷，平安地生还了。可见，友谊是多么可贵，智慧是多么重要！

 **悦读优练**

一、说说下面的句子该用什么感情读。

　　1. "我被牛吃了……正在它的嘴里……救命呀，救命呀！"

　　_____

　　2. "你是勇敢的蟋蟀，你一定能出来！"

　　_____

　　3. 青头笑眯眯地说："不要哭，就算你在牛肚子里做了一次旅行吧！"

　　_____

二、仿写句子。

　　青头用它的身体在牛鼻孔里蹭来蹭去。

　　小壁虎在_____来_____去。

　　_____在_____来_____去。

三、用简洁的语言概括这则童话的内容。

　　_____

四、青头告诉红头牛有几个胃，作用是什么？

　　_____
　　_____

五、红头为什么能平安地从牛肚子里出来呢？（给正确选项打√）。

　　1. 因为青头的鼓励和帮助。（　　）

　　2. 因为红头有坚强的忍耐力。（　　）

　　3. 因为牛不爱吃荤。（　　）

4. 因为牛的疏忽。（　　）

六、你最喜欢文中的红头还是青头？为什么？

_____

_____

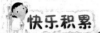 

天昏地暗	前因后果	生离死别	一无所有	改邪归正	轻重缓急
博古通今	承上启下	大惊小怪	大同小异	出生入死	喜新厌旧
弄假成真	思前想后	温故知新	惩前毖后	左顾右盼	争先恐后
积少成多	异口同声	欢天喜地	有始有终	远近闻名	轻重倒置

 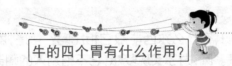

牛的四个胃有什么作用？

牛的胃由四个胃室组成，即瘤胃、网胃、瓣胃和皱胃。饲料按顺序流经这四个胃室，其中一部分在进入瓣胃前返回到口腔内再咀嚼。这四个胃室并非连成一条直线，而是相互交错存在。

（一）瘤胃　功能有：暂时贮存饲料以及在胃内进行微生物发酵。

（二）网胃　网胃位于瘤胃前部。网胃的主要功能如同筛子，随着饲料吃进去的重物，如钉子和铁丝，都存在其中。

（三）瓣胃　瓣胃是第三个胃，其内表面排列有组织状的皱褶。主要功能是吸收饲料内的水分和挤压磨碎饲料。

（四）皱胃　牛的皱胃也称为真胃。主要是分泌消化液，使食糜变湿。然后到达小肠，进一步消化。

 9 挑战飞机的蜻蜓

扎西在幼年的时候曾经受过一次伤，它的翅膀被一个小孩戳破了，不过现在已经好了。

它的尾巴是鲜艳的蓝色，这在蜻蜓中是非常迷人的颜色。扎西对飞翔的热爱简直到了痴迷的程度。尽管它那片受过伤的翅膀有些不好使，可它仍旧从早飞到晚，不爱回家。

有一次，扎西在山冈上看见了一只硕大无比的鸟。这只鸟飞得是多么的高呀！它的叫声还非常洪亮，金属做的翅膀在阳光下闪闪发光，尽管飞行起来从容不迫，可是速度却快得惊人！这到底是什么鸟啊？

扎西的心里充满了向往。回到家里，扎西向妈妈说起了大鸟的事情。妈妈笑着说："傻孩子，那可不是什么鸟呀，那是人类制造的飞机！它的肚子里满是各种各样的零件，吃的也不是什么虫子，而是黑色的石油！我们蜻蜓是没有可能超越它们的！"

可是扎西却不相信妈妈的话。它对自己充满了信心,它想通过长期刻苦训练,自己总有一天能够比大鸟还要厉害。于是,训练开始了,扎西投入了所有的精力,虽然受过伤的翅膀不时隐隐作痛,可这毕竟是它一生的梦想呀,它的心中充满了力量。

几乎所有能够飞行的动物都嘲笑扎西,说它太自不量力了。扎西一点都不介意,仍旧刻苦训练。为了磨炼自己,它在一个下雪的冬天飞到了雪山上;甚至在暴风雨中勇敢地冲进了龙卷风里……它变得越来越强壮了。

在一个灿烂的午后,成熟稳健的扎西又一次来到了山冈上,这是一个重要的日子,扎西的梦想就要实现了。

大鸟出现了,扎西全力扇动翅膀冲了出去。它以不可思议的速度赶上了飞机,并且在欢呼声中停在了机翼的上面,把红围巾扔给了下面的妈妈!

扎西真是一只了不起的蜻蜓!

趣点直击

飞机飞得多高,多快呀,有什么东西能跟它相比呢? 可是,就是有一只翅膀受过伤的小蜻蜓立志要和飞机比速度。瞧,为了实现梦想,它不怕别人的嘲笑,不怕天气的恶劣,忍受了练习中的痛苦,终于变得越来越强壮,以不可思议的速度赶上了飞机! 你说,它是不是一只了不起的蜻蜓呢?

 **悦读优练**

一、看拼音读写词语。

chuō pò　　　xiān yàn　　　chī mí　　　réng jiù　　　líng jiàn　　　mó liàn
（　　）　　（　　）　　（　　）　　（　　）　　（　　）　　（　　）

cóng róng bū pò　　zì bú liáng lì
（　　）　　　　（　　）

二、写近义词和反义词。

1. 近义词。

痴迷——（　　）　　介意——（　　）　　超越——（　　）

2. 反义词。

硕大无比——（　　）　　从容不迫——（　　）

三、在括号内填上合适的关联词。

1. （　　）他那片受过伤的翅膀有些不好使,（　　）他仍旧从早飞到晚,不爱回家。
2. 它吃的并（　　）什么虫子,（　　）黑色的石油!
3. （　　）受过伤的翅膀不时隐隐作痛,（　　）这毕竟是一生的梦想。
4. 他以不可思议的速度赶上了飞机,（　　）在欢呼声中停在了机翼的上面。

四、为了实现自己的梦想,蜻蜓扎西做了些什么?

五、扎西实现了自己的梦想后，妈妈和那些嘲笑过他的动物会对他说什么呢？想一想，写一写。

_____

_____

六、仿写句子。

例：这只鸟飞得是<u>多么的</u>高呀！

小蝴蝶长得是多么的_____呀！

_____是多么的_____！

 **快乐积累**

含·动·物·名·称·的·词·语

狐假虎威	马到成功	画蛇添足	蛇虫鼠蚁	鸡鸣狗盗	鸡犬升天	虎虎生风
走马观花	牛头马尾	贼眉鼠眼	鹤立鸡群	龙腾虎跃	胆小如鼠	兵荒马乱
犬马之劳	引狼入室	车水马龙	单枪匹马	井底之蛙	心猿意马	亡羊补牢
九牛一毛	一丘之貉	门可罗雀	鸦雀无声	千军万马	飞蛾扑火	三天打鱼
两天晒网	下马看花	与虎谋皮	马首是瞻	天马行空	为虎作伥	斗鸡走狗
为虎添翼	牛鬼蛇神	水清无鱼	龙飞凤舞	龙争虎斗	盲人摸象	指鹿为马
老态龙钟	浑水摸鱼	对牛弹琴	攀龙附凤	藏龙卧虎	蛛丝马迹	童颜鹤发
惊弓之鸟	悬崖勒马	狼狈为奸	狼心狗肺	调虎离山	虾兵蟹将	鬼哭狼嚎
狗血喷头	狗急跳墙	青梅竹马				

畅游百科

蜻蜓为什么善于飞行？

蜻蜓是昆虫中的飞行能手，它的形状很像一架小型飞机：平展的四翼，细长的腹部，还有那飞翔时平稳的样子。蜻蜓的翅质薄而轻，重量只有0.005克，每秒却可振动30～50次，它们的飞行速度可达每小时40.23公里，冲刺飞行速度可高达40米/秒，即使最现代化的飞机也远远不及蜻蜓的飞行本领。蜻蜓飞翔起来十分灵活，有些蜻蜓能够长途飞行，飞越几千万公里。蜻蜓不凡的飞行技能应归功于它具有发达的翅肌和气囊，前者使翅能快速扇动，后者贮有空气，可以调节体温，增加浮力，因而它能自如地停留在空中。它那两对膜质的翅膀上布满了纵横交错的翅脉，使蜻蜓的翅既轻又结实。翅的前缘有角质加厚形成的翅痣，可别轻看了这小小的翅痣，它是蜻蜓飞行的消振器，能消除飞行时翅膀的振颤。

 10 捣蛋鬼杰姆

杰姆一生下来就是个捣蛋鬼，爸爸平时只好把他一个人锁在屋里。

这天晚上，3个歹徒提着一个旅行袋闯进来。他们拿着枪，喝令杰姆一家不许乱动。这时，

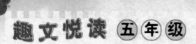

远处传来了警笛声。短短几分钟,警察已经将杰姆家围得水泄不通了。刀疤脸歹徒恶狠狠地对杰姆的爸爸说:"快去叫警察给我们准备一辆车。别想耍花招!"

"哼,这么笨的办法你也想得出来?"杰姆笑着说,"警察通过追踪设备还是会找到你们的!"

3 个歹徒愣愣地看着他。刀疤脸抓住杰姆的衣领,饶有兴趣地说:"这么说,你有其他好办法? 如果能把我们带出去,我给你 1 万美金。"

"当然,"杰姆耸耸肩,"我家厨房下面就是一条六七百米的地道,是以前的防空洞,出口正好是停车场。每次被锁在家里,我都是通过它偷偷爬出去玩的,晚上再早早回来。"

大家的目光全都集中到杰姆身上。杰姆吐了一下舌头,继续说:"大不了我走在前面给你们带路。如果我说得不对,你们可以随时开枪。"

歹徒将杰姆的爸妈捆得紧紧的,用毛巾堵住了嘴,并将他们锁进卫生间。刀疤脸让杰姆带路。杰姆将一串钥匙放进兜里,然后挪开地道口的盖子,拧亮手电筒,第一个钻了下去,3 个歹徒紧跟在后面。

他们刚弓着腰走了 200 多米,通道忽然一下子窄了很多,4 个人只能匍匐前进了。又爬了 200 多米,通道更窄了,4 个人只能肚皮贴地朝前爬了。

快到尽头了,杰姆忽然一个 90°的转弯,钻进了通道的右侧。这个洞口只比他的肩膀稍宽,只有小孩能钻进去。他七拐八弯,一下就不见了。刀疤脸刚钻进来,就被死死地卡住了,无法进退,气得他摸出枪一阵乱射。

机灵的杰姆很快从停车场的下水口爬上来,他飞奔回家救出父母,然后指着地道口对警察说:"那 3 个歹徒全在这里了。那边的出口是个死胡同,只有小孩才爬得出来,他们一会儿就自己送上门来啦。"

趣点直击

杰姆一定是个特别让父母头疼的捣蛋孩子吧,怪不得爸爸平时只好把他一个人锁在屋里。可这个捣蛋鬼在危急时刻却那么机智、勇敢,成功地将歹徒引入地道,最后还救出了家人。在你身边有这样的调皮孩子吗? 可不要小看他们哦,捣蛋鬼有捣蛋鬼的智慧。

 悦读优练

一、根据意思写词语。

1. 人多得连水都流不动了。(   )

2. 显有很有兴趣的样子。(   )

3. 趴在地上,向前爬行。(   )

二、下面的句子该用什么语气读?

1. "快去叫警察给我们准备一辆车。别想耍花招!"

_____

2. "哼,这么笨的办法你也想得出来?"

3."那边的出口是个死胡口,只有小孩才爬的出来,他们一会儿就自己送上门来啦!"

_____

三、你能想象出小杰姆平时是怎样顽皮的吗?

_____

四、小杰姆是怎样制服歹徒的?

_____
_____

五、你佩服小杰姆吗? 快跟小杰姆说说。

_____
_____

 **快乐积累**

 关·于·勇·气·的·句·子

　　大海越是布满暗礁,越是以险恶出名,我越觉得通过重重危难寻求不朽是一件常心乐事。
　　　　　　　　　　　　——拉美特里

　　你若失去了财产——你只失去了一点,你若失去了荣誉——你就丢掉了许多,你若失去了勇敢——你就把一切都丢掉了。
　　　　　　　　　　　　——歌德

　　人要是惧怕痛苦,惧怕种种疾病,惧怕不测的事件,惧怕生命的危险和死亡,他就会什么也不能忍受的。
　　　　　　　　　　　　——卢梭

　　我崇拜勇气、坚忍和信心,因为它们一直助我应付我在尘世生活中所遇到的困境。
　　　　　　　　　　　　——但丁

畅游百科

一个人一天要消耗多少热量?

　　一般来说,成人每天至少需要1500大卡的能量来维持身体机能,这是因为即使你躺着不动,你的身体仍需能量来保持体温,心肺功能和大脑运作。基础代谢消耗会因个体间身高、体重、年龄、性别的差异而有所不同。

第三单元
倾听天籁之音

11　翠绿色的歌

◆高洪波

在我的故乡，小孩子夏天的主要乐趣是逮蝈蝈。大肚子蝈蝈在郊外草丛间整日欢叫，诱惑着我们。而与蝈蝈（竞　竞）争的，另有一种鸣虫，俗称"山叫驴"。一看这名字，便可知道它们的叫声是何等（嘹　撩）亮！"山叫驴"的模样儿、长相和蝈蝈差不多，所不同者，蝈蝈身上穿的是"短袖"，"山叫驴"着的是长衫。也就是说，"山叫驴"有一副长长的翅膀。这翅膀使它们颇为自豪，常常在树丛间作短距离飞翔，以逃避我们的追捕。而蝈蝈由于肚子大、翅膀短，只能靠弹跳的敏捷和绿色的保护色来逃命，比起它的竞争对手，显得有些可怜。

但蝈蝈的叫声好听，有一种悠悠的韵味、秋野的节奏，同时翠绿可爱，较之"山叫驴"来，尤为我们所珍重：常常三只"山叫驴"也顶不住一只蝈蝈。而"山叫驴"由于仗着会飞，不大把小孩子放在眼里，这种傲慢无礼使它们极易捕捉（或者是一种笨拙）。总之，在我们这群小猎人中间，能捉到蝈蝈的人是不大多的，"山叫驴"却每每能够一捉好几只。

"山叫驴"的叫声没有间歇，翅膀上的"小镜子"一摩擦，发出极长的"吱——"声，稍歇，又是一声，于是，整个夏日便为"吱——"声所充盈，使大人们烦闷异常。此外，"山叫驴"的性情也很凶狠，大牙齿亮亮的，什么都敢咬上一口，同伙之间也不客气，若几只放在一个笼子里，用不了一会儿工夫，管保打得昏天黑地，断腿缺胳膊。它们真有一种"驴性"。

蝈蝈喜欢在两种植物上生活栖身□一种是豆叶儿□一种是麻秆□豆叶上的蝈蝈长得清秀□浑身碧绿油亮□大肚子也显得不那么突出□麻秆上的蝈蝈则色调浓绿□更为肥壮□也许是因为麻秆高大□蝈蝈也跟着沾了光吧□

蝈蝈虽然大腹便便（pián biàn），其实却机智得很，至少在当时的我们眼里，它们是一种难对付的猎物。它的叫声一起，有时仿佛就在你眼睛和鼻子底下，却怎么也搜索不出，只好听任它嘲弄般地唱着小调；眼力好的孩子，偶然盯住了它，常常刚一伸手，它倏忽间便隐身了，好像适才看到的只是一个幻影！当你失望地离开那草丛、那豆稞、那麻地时，脑后又响起它的挑（tiāo tiāo）衅性的欢叫——这种叫声是多么令人恼怒，又是那么令人无可奈何！至今想来，还有些耿耿于怀。

顶让人失望的，是你眼见一只蝈蝈跳入一（蓬　篷）草丛，四处搜索不着，正失望时，又发现了它，及至逮住一看，竟改变了"性别"，成了一只母蝈蝈了。这事我碰到过好几次。

母蝈蝈不会叫，肚子后边拖一把"大刀"，威风得很。这"大刀"是产卵器，专门为小蝈蝈的出生而插入土里的，按理说是极先进的一项设备。但在当年，这种母蝈蝈顶扫我们的兴！甚至将它们认做"汉奸"、"特务"，专门掩护公蝈蝈逃亡的坏蛋。捉到它们时，要么扔得远远的，要

么踩死,要么剪断"大刀",让它在笼子里滥竽充数,以炫耀自己逮蝈蝈的水平。

现在想来,这种做法颇不"人道",其实若没有这些母蝈蝈的孕育,田野中的歌者无疑会绝种的。但当时却只恨它对"丈夫"的掩护和替换!以及这种替换带给我们的无尽的懊恼和失望。

而今,时光流逝,可蝈蝈的叫声,依然浑似一曲翠绿色的歌,蕴涵着秋野的呼唤,草叶的芳香,以及闪亮在露珠上的童年的天真,听起来悠悠扬扬,撩动人的情思。

趣点直击

在作者眼里,蝈蝈的叫声不仅是有声音,它是有颜色的,它蕴涵着秋野的呼唤,草叶的芳香,那翠绿的颜色闪耀在天真快乐的童年,是童年里一首首最动人的歌谣!阅读本文,仿佛我们也和他一起在田野上乐而忘返。

悦读优练

一、用合适的词替代句中的加点词。

1. 常常三只"山叫驴"也顶不住一只蝈蝈。(　　　)

2. 但在当年,这种母蝈蝈顶扫我们的兴。(　　　)

3. 现在想来,这种做法颇不人道。(　　　)

4. 常常刚一伸手,它倏忽间便隐身了,好像适才看到的只是一个幻影!(　　　)

二、划出文中括号里错误的读音和汉字。

三、在第四段的方框中加入正确的标点。

四、你能从下面的句子中读出作者的什么感情?

1. 大肚子蝈蝈在郊外草丛间整日欢叫,诱惑着我们。

_____

2. 当你失望地离开那草丛,那豆稞、那麻地时,脑后又响起它的挑衅性的欢叫——这种叫声是多么令人恼怒,又是那么令人无可奈何!

_____

3. 现在想来,这种做法颇不"人道",其实若没有母蝈蝈的孕育,田野中的歌者无疑会绝种的。

_____

五、作者为什么把田野上蝈蝈的叫声比作一曲"翠绿色的歌"?

_____

_____

六、你从本文中了解到哪些动物的知识?做一做资料卡。

_____

_____

_____

快乐积累

· 写 · 声 · 音 · 的 · 名 · 句 ·

白居易的《琵琶行》：大弦嘈嘈如急雨，小弦切切如私语。嘈嘈切切错杂弹，大珠小珠落玉盘。间关莺语花底滑，幽咽泉流冰下难。冰泉冷涩弦凝绝，凝绝不通声暂歇。别有幽愁暗恨生，此时无声胜有声。银瓶乍破水浆迸，铁骑突出刀枪鸣。曲终收拨当心画，四弦一声如裂帛。

畅游百科

蟋蟀是如何发声的？

在蟋蟀雄虫的前翅上，有漩涡纹状的翅膜。一边翅膀长着锉刀状的翅膜——弦器，另一边翅膀长着较硬翅膜——弹器。当这两种发音器相互摩擦，就能发出声音。蟋蟀长有"耳朵"——听器，可分辨同伴发出的声音，但"耳朵"不长在头上，而是长在大前脚的胫节（小腿）上，上面有薄膜，可感觉声音的振动。

雌蟋蟀的翅膀没有发声的构造，翅膀的花纹与雄蟋蟀不一样，腹部末端有条细长的产卵管，从这可以分辨出它的雌雄来。

12 春天的小雨滴滴滴

◆陈木城

雨，
已经，
下了很久了。
"丁丁咚咚"打在篷顶上的波浪板上。
"滴滴答答"打在树林里的叶子上。
"丁丁咚咚"打在铁皮的屋顶上。
雨，不大。
却滴滴答答的下个不停。
于是，屋子前面的小水沟流动起来了。
哗啦哗啦的水声，像一股清泉，从地底下涌出来，高兴得哗啦哗啦，哗啦哗啦，你推我挤似的。
打开一朵红色的花伞，走在树林里的小路上，听雨滴打在油加利树上，打在相思树上，打在羊蹄甲上，打在面包树上……淅沥淅沥，啪啦啪啦，哗啦啦，哗啦啦，发出各种不同的声音，整座森林就像一座音乐厅一样。
小雨滴在树叶上集合起来，成为一颗大水珠，顺着叶脉滑下来，打小鼓似的：
"啪！"
"咕咕咕！"

突然,吹来一阵风,树叶上的水珠通通跌下来了。

"嗵嗵嗵!"、"咚咚咚!"、"啪啪啪!"所有的鼓声都敲起来了,敲在小伞上,敲在地面上,好像地球就是一面鼓,雨滴们叮叮咚咚地要把地球敲响。

站在楼顶上看雨。

雨丝细细的,柔柔的,像花絮一般随风飘散,然后轻轻地把种子撒在大地上。

大人说,这就是春雨。下了春雨,春天就来了。

我喜欢春雨,它在森林里演奏,在大地上播种。

于是,春天听到了雨的鼓声,醒来了。所有的种子都回到大地的床上,让母亲抱他亲他教他发芽。

我仰着脸,让雨打在我脸上;我伸出舌头,品尝一下这大地的乳汁,凉冰冰的,甜蜜蜜的呢!

趣点直击

春天的小雨,组成一支支优美的乐曲!敲醒沉睡的大地,唤醒沉睡中的万物。它,丝丝柔柔;它,甜甜蜜蜜。它是种子和花儿的最爱,它是丰收的序曲;它也是小朋友们的最爱,雨中的世界多么精彩有趣!

一、本文中出现了哪些描写雨水的拟声词?抄下来。

_____

_____

二、文中描写春雨,都是写它"打在……","敲在……",为什么不说它是"飘在……","落在……"呢?

_____

_____

三、说说下面句子分别运用了什么修辞手法?简要说明这样写的好处。

1. 打开一朵红色的花朵,走在树林里的小路上,听雨滴打在油加利树上,打在相思树上,打在羊蹄甲上,打在面包树上……

_____

_____

2. 淅沥淅沥,啪啦啪啦,哗啦啦,哗啦啦,发出各种不同的声音,整座森林就像一座音乐厅一样。

_____

_____

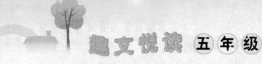

3. 于是,春天听到了雨的鼓声,醒来了。

_____

四、请根据"听雨→看雨→尝雨"的线索,用‖给本文划出段落。

五、本文主要从"听"的角度,描绘春天的雨。请你着重从"看"的角度,也来写一段春天的雨景。

_____

_____

_____

 快乐积累

写·雨·的·诗·句

青箬笠,绿蓑衣,斜风细雨不须归。   ——张志和《渔歌子》
沾衣欲湿杏花雨,吹面不寒杨柳风。   ——僧志南《绝句》
渭城朝雨亦轻尘,客舍青青柳色新。   ——王维《送元二使安西》
南朝四百八十寺,多少楼台烟雨中。   ——杜牧《江南春绝句》
夜阑卧听风吹雨,铁马冰河入梦来。   ——陆游《十一月四日风雨大作》
好雨知时节,当春乃发生。   ——杜甫《春夜喜雨》
七八个星天外,两三点雨山前。   ——辛弃疾《西江月》

 畅游百科

雨中散步好处多

　　条件是天空下着毛毛细雨。在这样的天气条件下,空气中的氧含量非常高,大家知道水的分子式:H_2O,而且在这样的气象条件的作用下,空气中容易被人体吸收的负氧离子特别高,对人体全身益处很多:一是在这样天气中散步时做几个深呼吸,你会立刻感到神清气爽。因为此时你的大脑氧含量是平常几倍! 散步时间越长,脑氧含量越高,患大脑痴呆症和小脑萎缩的几率也会有所降低。二是在散步的过程中身体的血液氧含量也会不断增加,与此同时心脏的氧含量也再升高,它的好处就是降低了心脏病的发病率。三是人体皮肤补水和营养肌肤的最好方式,因空气中迷漫着细小的水分子颗粒,加上负氧含量很高,是皮肤抗老化,去皱纹的一次补水和营养过程。比平日里做面膜补水要强好几倍。

 13 树木"音乐家"

◆范德金

　　你知道吗,在形形色色的植物世界里,也有着天才的树木"音乐家"呢!

　　在南美洲的安第斯山北麓,长着一种巨大的笛树,当地人叫它"薄甘笛树"。这种树的树干很粗,十几个人手拉着手才能把它围起来。它的树冠像一把张开的巨伞,洒下浓密的绿荫。笛

树的叶子很奇特,就像喇叭一样,仿佛在树上挂了千千万万只绿色的"笛子"。这些笛子是靠大自然里的乐师□风来帮助□演奏□的□演奏□的乐曲随着风力的大小□风向的变化而变化□当微风吹拂时□发出低回浑圆的声音□劲风刮过时□发出嘹亮清脆的声音□狂风大作时□发出地动山摇□排山倒海的声音□风雨交加时□发出连珠炮一样的战鼓声□

每当盛夏傍晚,当地的人们常常带着可口的食品,来到薄甘笛树下,参加那奇特的音乐会,欣赏那动人的笛声。笛树为什么会演奏出不同的乐曲呢?原来,它的喇叭形的叶子末端有个小洞,由于叶子大小不一,每片叶子上的洞自然也就大小不同了。当大小不同的风吹过这些小洞时,就发出了高低不同、抑扬顿挫的声音了。

非洲象牙港地区生长着一种外形很像柳树的树,一条条枝叶倒垂在树上。当微风吹来时,倒垂的树叶婆婆起舞,互相碰撞,发出了叮叮咚咚的悠扬琴声。原来这种植物的叶子纤维组织非常细密,就像玻璃一样,当微风吹动树叶相撞击时,就发出像我们平常听到的风铃一样的美妙声音。和它极相似的是生长在非洲的一种叫做"捷达奈"的树。这种树是落叶乔木,开花以后,结出菱形的果实。果实的外壳又薄又硬,顶端还有个小气孔。果实里面没有果肉,只有几颗坚硬的果核。微风吹来,果核就会不停地撞击又薄又硬的果壳,发出各种动听的声音来。

有趣的是,在巴西茂密的丛林里,生长着一种叫做"莫尔纳尔蒂"的奇怪植物。

_____

_____

_____

真令人大开眼界呀!薄甘笛树叶仿佛千千万万只绿色的"笛子",会演奏出各种不同频率的乐曲;非洲的一种树叶可发出叮叮咚咚的悠扬琴声;还有"捷达奈"树,"莫尔纳尔蒂"树……大自然真是奥妙无穷,有很多神秘的面纱等待我们去揭开呢!

一、给词语中加点的字注音。

树干　　　树冠　　　奇特　　　乐师　　　盛夏　　　薄壳
(　　)　　(　　)　　(　　)　　(　　)　　(　　)　　(　　)

大腹便便　　相似　　浑圆　　倒垂　　果核
(　　)　　(　　)　　(　　)　　(　　)　　(　　)

二、在文中的小方框处填上合适的标点符号。

三、本文的文题采用了什么修辞手法?本文介绍了哪几位"树木音乐家"?

_____

_____

四、"笛树"为什么会演奏出不同的乐曲？

_____

_____

_____

五、将下面的句子的顺序调整好，放在文中结尾段。

（ ）到了夜晚，它又会不断地发出一种呻吟（shēn yín）般的哭泣声

（ ）这种奇特的现象引起了植物学家的极大兴趣

（ ）在寂静的夜里，余音袅袅，不绝如缕（lǚ），哀怨低沉，催人泪下

（ ）这种植物白天会一刻不停地发出一种声似流水、委婉动听的声音，使人心旷（kuàng）神怡（yí）

（ ）经多年研究，才发现这种植物发出的不同声音与阳光的照射有关

六、你还发现哪些树木能发出奇特的声音？你能模拟一下吗？

_____

_____

_____

 **快乐积累**   描写音乐的词语

靡靡之音	如泣如诉	天籁之音	声震林木	阳关三叠	繁弦急管
曲高和寡	绕梁三日	珠落玉盘	出谷黄莺	一唱三叹	五音不全
高山流水	余音绕梁	若即若离	虚无缥缈	铿锵有力	荡气回肠
震耳欲聋	不绝如缕				

 畅游百科

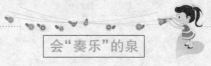

会"奏乐"的泉

在突尼斯有一眼泉，被称作"音乐泉"，泉水从钟状的山体喷涌而下，发出丰富多彩的乐音，好像一支乐队在演奏一曲曲交响乐。地理学家经过考察，发现那里有一座空心岩，水流过这里会被分成千百条细流，细流间相互撞击和鸣，因此能发出千变万化的音响。

14 大自然的口哨

◆柯 蓝

一

树林中有一条弯曲的小溪。小溪中的流水，翻着闪亮的浪花，从早到晚不停地唱着喊着。

飞来飞去的小鸟，在问："流水在不停地唱什么，喊什么？谁能告诉我？"

远处的风摇了摇头，说："流水无情。"

　　我坐在林中的一块岩石上,有几只小鸟飞来,停在我头顶的树枝上。如同飞来了一支乐队,有短笛、长箫和唢呐。

　　这时,我觉得小鸟们是在专门为我演奏。我的心中充满感激,充满欢乐的爱情。这是大自然给我的幸福。

　　那天,我独自来到湖边,我发现绿色的湖水中,倒映了一朵白色的忧伤的白云。

　　我抬头向天空望去,天空中果然有一朵忧伤的白云停立在那里。她正在等候着我。

　　我马上停留下来,我知道这朵忧伤的白云要和我对话。我要静静地听她诉说无尽的忧伤。

二

　　走在山路上,吹起口哨。

　　头戴一朵会笑的花,身披一缕柔情的浓雾,手捧一片沉思的白云,提一壶会唱歌的泉水,有清风在前面引路,明月在身后相随,我们踏着星光出征,黎明出现的时候,理想在和我们拥抱。

趣点直击

　　小溪中流水的声音是美好的,树梢上小鸟的叫声是美好的,一缕清风拂过白云的声音也是美好的,它们都是大自然的口哨。在人生的旅途中,大自然的美好总是与我们相依相伴:让我们心怀感激,走向明天。

悦读优练

一、补充词语。

　　(　　　)的小溪　　　(　　　)的浪花　　　(　　　)的湖水　　　(　　　)的忧伤
　　(　　　)的白云　　　(　　　)的花　　　(　　　)的浓雾　　　(　　　)的星光

二、按要求改写句子。

　　1. 树林中有一条弯曲的小溪。(用比喻的方式说)

　　_____

　　2. 我坐在林中的一块岩石上。(缩写句子)

　　_____

　　3. 这是大自然给我的幸福。(用反问句的形式说)

　　_____

三、本文第四段中有一个比喻句,你能说出它的本体和喻体吗?

　　_____
　　_____

四、从"走在山路上,吹起口哨"这句话中,你体会到作者的什么情感?

　　_____
　　_____

五、"我们踏着星光出征,黎明出现的时候,理想在和我们拥抱。"这句话有什么深刻含义?

_____

_____

_____

_____

名·人·谈·理·想

能够献身于自己祖国的事业,为实现理想而斗争,这是最光荣不过的事情了。

——吴玉章

每个人都有一定的理想,这种理想决定着他的努力和判断的方向。在这个意义上,我从来不把安逸和快乐看作是生活目的本身——这种伦理基础,我叫它猪栏式的理想。照亮我的道路,并且不断地给我新的勇气去愉快地正视生活的理想,是善、美和真。

——爱因斯坦

人类的精神与动物的本能区别在于,我们在繁衍后代的同时,在下一代身上留下自己的美、理想和对于崇高而美好的事物的信念。

——苏霍姆林斯基

……要是一个人,能充满信心地朝他理想的方向去做,下定决心过他所想过的生活,他就一定会得到意外的成功。

——戴尔·卡内基

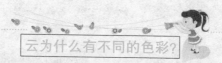

云为什么有不同的色彩?

我们所见到的各种云的厚薄相差很大,厚度可达七八公里,薄的只有几十米。很厚的层状云,或者积雨云,太阳和月亮的光线很难透射过来,看上去云体就很黑;稍薄一点的层状云和波状云,看起来是灰色,特别是波状云,云块边缘部分,色彩更为灰白;很薄的云,光线容易透过,特别是由冰晶组成的薄云,云丝在阳光下显得特别明亮,带有丝状光泽,天空即使有这种层状云,地面物体在太阳和月亮光下仍会映出影子。日出和日落时,由于太阳光是斜射过来的,穿过很厚的大气层,空气的分子、水汽和杂质,使得光线的短波部分大量散射,而红、橙色的长波部分,却散射得不多,因而照射到大气下层时,长波光特别是红光占着绝对的多数,这时不仅日出、日落方向的天空是红色的,就连被它照亮的云层底部和边缘也变成红色了。由于云的组成有的是水滴,有的是冰晶,有的是两者混杂在一起的,因而日、月光线通过时,还会造成各种美丽的光环或虹彩。

15 你一定会听见的

◆桂文亚

你听过蒲公英梳头的声音吗?蒲公英有一蓬金黄色的头发,当起风的时候,头发互相轻触着,像磨砂纸那样沙沙地一阵细响,转眼间,她的头发,全被风儿梳掉了!

你听过80只蚂蚁跑步的声音吗?那一天,蚂蚁们排列在红红的枫叶上准备做体操,"噗"

一粒小酸果从头顶落下，"不好，炸弹来啦！"顷刻间，它们全逃散了！

你听过雪花飘落的声音吗？一个宁静的冬夜，一朵小小的雪花，从天上轻轻地、轻轻地飘下，飘啊飘，飘落在路边一盏孤灯的面颊上，微微的一阵暖意，小雪花满足而温柔地融化了……

如果你问，这都是想象的声音吗？我怎么听不出来呢？那么我再说清楚一点：

你总听过风吹的声音吧？当微风吹过柳梢，当清风拂过明月，当狂风扫过巨浪，当台风横越山岭，你总听到些什么吧！

你总听过动物的声音吧？当小狗忙着啃骨头，小金鱼用尾巴泼水，金丝雀在窗沿唱歌，当两只老猫在墙头吵架，三只芦花鸡在啄米吃，你总听到些什么吧？

你也总听过水声吧？当山间的清泉如一道银箭奔向溪流，当哗啦啦的大雨打向屋脊，当小水滴清脆地落在盛水的脸盆里，当清道夫清扫水沟里的落叶，当妈妈开水龙头淘米煮饭，当你上完厕所冲洗抽水马桶，你总该听到些什么吧？

说得明白一些儿，只要你不是聋人，只要你两只耳朵好好地贴在脸侧，打从你出生那一刻哇哇大哭、咯咯傻笑起，你就在听，就不得不听。你学着听妈妈摇摇篮的声音，妈妈冲奶粉的声音，爸爸打喷嚏的声音；学着听开门、关灯、上楼梯、电话铃的响声，还有弟弟被打屁股的声音。这些，随时在你身边发出的响声，你怎么会听不见呢？

你当然知道，声音就是物体振动时，与空气相激荡所发出的声响，而每一种声响，每一种声音，都代表了不同的意思。从声音里，人学会了分辨、感受各种喜怒哀乐，也吸收了知识。愉快动听的声音，固然带给我们快乐，嘈杂无聊的声音，也同样使人痛苦。从声音里，我们逐渐成长。

人有耳朵，听八方，加上眼睛，观四方。用心听，用心看，也用心想，构成了一个丰富奇妙的世界。

可是，说也奇怪，当一个人长期习惯了一种声音或者潜意识里抗拒某种声音的时候，它们竟然也不知不觉地消失了。例如马路上疾驰而过的汽车声，隔壁工厂轰隆隆的马达声，老奶奶唠唠叨叨的抱怨声，久而久之，左耳进右耳出，人，开始了声音的"过滤"。聪明的人，知道什么时候该听，什么时候不该听，这是因为他在"听"的成长过程里，学会了选择和思考。他听时，心里的声音，不仅"好听"，也是"有益的"——这些声音，充实了他的生活，使他得到很多乐趣。

轻轻松松嚼几片脆脆的饼干、几颗硬硬的糖果，感觉一下是什么声音？

把玻璃纸揉成一团，然后聆听它缓缓舒展的声音。

用两根筷子敲一敲家里的各种器皿，比较它们的声音。

听一听落到玻璃上雨滴雨点的声音。

听一首喜爱的音乐，把它编成一个故事。

录下自己及所爱的人、朋友的一首歌或一段话，仔细听一听。

你开始微笑，轻轻地笑，大声地笑，这时候，你一定会听见的，这个世界也跟着你欢笑。

趣点直击

快来听听这些动听的声音吧，自然界的天籁之音多么美妙，人类活动的声音以及人类的语言多么优美！你不仅要用耳朵去听，更要用心去感受，你会觉得这丰富多彩的世界真是有着无穷的乐趣呀，那么，请你展露你幸福的欢颜吧！请你尽情地享受这世界的奇妙吧！

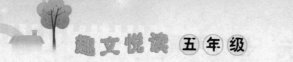

悦读优练

一、在括号中填入合适的量词。

一（　　）头发　　一（　　）细响　　一（　　）小酸果　　一（　　）孤灯

一（　　）小雪花　　一（　　）雨水　　一（　　）歌曲　　一（　　）话

二、本文列举的自然界的声音有＿＿＿＿＿＿＿＿＿＿＿＿＿＿＿＿＿＿＿＿＿＿＿＿＿

＿＿＿＿＿＿＿＿＿＿＿＿＿＿＿＿＿＿＿＿＿＿＿＿＿＿＿＿＿＿＿＿＿＿＿＿＿＿＿。

生活中的声音有＿＿＿＿＿＿＿＿＿＿＿＿＿＿＿＿＿＿＿＿＿＿＿＿＿＿＿＿＿＿＿

＿＿＿＿＿＿＿＿＿＿＿＿＿＿＿＿＿＿＿＿＿＿＿＿＿＿＿＿＿＿＿＿＿＿＿＿＿＿＿。

声音是＿＿＿＿＿＿＿＿＿＿＿＿＿＿＿＿＿＿＿＿＿＿＿＿＿＿＿＿＿＿＿＿＿＿＿＿

＿＿＿＿＿＿＿＿＿＿＿＿＿＿＿＿＿＿＿＿＿＿＿＿＿＿＿＿＿＿＿发出的声响。

三、第七自然段写了哪几种水声？

＿＿＿＿＿＿＿＿＿＿＿＿＿＿＿＿＿＿＿＿＿＿＿＿＿＿＿＿＿＿＿＿＿＿＿＿＿＿＿

＿＿＿＿＿＿＿＿＿＿＿＿＿＿＿＿＿＿＿＿＿＿＿＿＿＿＿＿＿＿＿＿＿＿＿＿＿＿＿

＿＿＿＿＿＿＿＿＿＿＿＿＿＿＿＿＿＿＿＿＿＿＿＿＿＿＿＿＿＿＿＿＿＿＿＿＿＿＿

四、说说下面句子使用的修辞手法。

1. 当微风吹过柳梢,当清风拂过明月,当狂风扫过巨浪,当台风横越山岭,你总听到些什么吧!（　　　）

2. 山间的清泉如一道银箭奔向溪流。（　　　）

3. 蒲公英有一蓬金黄色的头发。（　　　）

五、读下面句子,说说你对下面句子的理解。

1. 聪明的人,知道什么时候该听,什么时候不该听,这是因为他在"听"的成长过程里,学会了选择和思考。

＿＿＿＿＿＿＿＿＿＿＿＿＿＿＿＿＿＿＿＿＿＿＿＿＿＿＿＿＿＿＿＿＿＿＿＿＿＿＿

＿＿＿＿＿＿＿＿＿＿＿＿＿＿＿＿＿＿＿＿＿＿＿＿＿＿＿＿＿＿＿＿＿＿＿＿＿＿＿

＿＿＿＿＿＿＿＿＿＿＿＿＿＿＿＿＿＿＿＿＿＿＿＿＿＿＿＿＿＿＿＿＿＿＿＿＿＿＿

＿＿＿＿＿＿＿＿＿＿＿＿＿＿＿＿＿＿＿＿＿＿＿＿＿＿＿＿＿＿＿＿＿＿＿＿＿＿＿

2. 你开始微笑,轻轻地笑,大声地笑,这时候,你一定会听见的,这个世界也跟着你欢笑。

＿＿＿＿＿＿＿＿＿＿＿＿＿＿＿＿＿＿＿＿＿＿＿＿＿＿＿＿＿＿＿＿＿＿＿＿＿＿＿

＿＿＿＿＿＿＿＿＿＿＿＿＿＿＿＿＿＿＿＿＿＿＿＿＿＿＿＿＿＿＿＿＿＿＿＿＿＿＿

＿＿＿＿＿＿＿＿＿＿＿＿＿＿＿＿＿＿＿＿＿＿＿＿＿＿＿＿＿＿＿＿＿＿＿＿＿＿＿

六、想一想下面的声音,写一写它们的拟声词。

1. 微风吹动树叶＿＿＿＿＿＿＿

2. 骤雨敲打着窗玻璃＿＿＿＿＿＿＿

3. 一颗石子落入寂静的池塘＿＿＿＿＿＿＿

4. 剧烈的雷声＿＿＿＿＿＿＿

写·雨·的·名·句

夜来风雨声,花落知多少。	——孟浩然《春晓》
清明时节雨纷纷,路上行人欲断魂。	——杜牧《清明》
水光潋艳晴方好,山色空蒙雨亦奇。	——苏轼《饮湖上初晴后雨》
山河破碎风飘絮,身世浮沉雨打萍。	——文天祥《过零丁洋》
空山新雨后,天气晚来秋。	——王维《山居秋暝》
山路元无雨,空翠湿人衣。	——王维《山中》
寒雨连江夜入吴,平明送客楚山孤。	——王昌龄《芙蓉楼送辛渐》

声音在哪里传播得最快?

　　声波其实是一种机械波(纵波)。它的传播需要介质。介质可以是空气、液体、固体。介质不同,声波传播的波速也会不同——在固体中最快,液体次之,气体最慢。一般来说,声波在空气中的传播速度是340m/s,但也只是近似取值,以为它还和温度有关。而在水中传播的速度大概是在空气中的4倍半,所以声音在水中传播得更快。声音在真空中不能传播,此外,温度每上升1℃,声速增快0.6m/s。

第四单元
共享一片蓝天

16 马蒂有只小羊羔

◆Marty Becker

那是母羊产仔的季节。邻居打电话说有只母羊难产,我跟爸爸便匆匆忙忙地赶往他们家的谷仓。待我们赶到时,羊妈妈已在生产时死掉了,剩下孤零零的小羊羔又冷又弱,还裹着胎盘,靠那细长孱弱的四肢简直无法走动。我用上衣裹起它,放在小卡车里,我们走捷径驶回我们在爱达荷州乡下的小牧场。

我们开过场院,撇下牛、猪、鸡、狗和猫,爸爸径直朝我们的房子开去。我当时还不知道,命运安排那小羊羔要成为一只不寻常的羊;而我也不只是个寻常的 7 岁孩童——我注定要当它的妈妈!

我抱着小羊羔走进厨房。我和妈妈用干手巾擦拭着它,爸爸往炉子里添煤,让炉火给新生的小东西驱寒。我轻轻拍它一头鬈毛的小脑袋时,小家伙竟试着嘬我的手指。它饿极了!我们赶忙在装满温牛奶的汽水瓶上塞上奶嘴,送进它嘴里。它一口咬住,使劲地吸吮起来,滋养的奶汁就流进了体内。

它一开始吃奶,尾巴就使劲地晃动。突然间,它第一次睁开了眼睛,盯着我看。每个妈妈都知道生命诞生那一刻奇迹般的目光。没错,那目光是"你好,妈妈!我是你的,你属于我,生活真美好,不是吗?"

一个长着乱蓬蓬的亚麻色头发、戴着黑框深度眼镜的小男孩不会像只绵羊,可是那小羊羔一点也不在乎。重要的是它有了个妈妈——那就是我!

我管它叫亨利。就像儿歌唱的那样:马蒂走到哪儿,羊羔就跟到哪儿。见面第一天我们之间形成的亲密关系就像母子一般。我们俩总是形影不离,我喂它吃饭,带它活动,给它洗澡。它要是跑到路上去,我就严厉地斥责它。当我的同学们看见几只狗和一只羊跑到校车处迎接我,你们可以想象他们的惊讶和喜悦!每天放学之后,我都和亨利一起戏耍,直玩到我们俩累得并排躺在牧场阴凉茂盛的草地上睡着为止。

我长大了,亨利也越来越老了,可它从未忘记我是它妈妈。即使已经是头大公羊,只要一见到我,它还是亲热地用鼻子拱我,用它那毛茸茸的大脑袋蹭我的腿。亨利在我们家牧场上既是四条腿的刈草机,又是只长着羊毛的看家狗。亨利的余生过得幸福、健康和充实。

有时人们问我为什么当了兽医。我的回答是:"因为亨利。"7 岁时,我对动物的爱还只是个火花,但在我成为一只饥饿的小羊羔的妈妈那一奇迹般的时刻,那火花霎时燃成一团火焰。

趣点直击

一个七岁的,长着一头乱蓬蓬的亚麻色头发,戴着黑框深度眼镜的小男孩,竟然做了一只小羊羔的妈妈,他给了小羊羔无微不至的照顾,小羊羔也给了他无限的信任和许多的快乐。可见,动物是很懂的感情的,也懂得以爱易爱的道理。

悦读优练

一、给加点字注音。

屠弱(　　)　　裹起(　　)　　捷径(　　)　　擦拭(　　)

玩耍(　　)　　睡着(　　)　　寻常(　　)　　晃动(　　)

二、把下面的句子补充完整。

1. 我们亲密得_____

2. 它瘦小得_____

3. 大家惊讶得_____

三、"亨利在我们家牧场上既是四条腿的刈草机,又是只长着羊毛的看家狗。"这句话是什么意思?

_____

_____

四、"我"是怎样精心照顾亨利的?亨利又是怎样亲热地对待"我"的?在文中找出相应的句子来,分别用〰〰线和＿＿线画出。

五、结尾句的"火花"和"火焰"有什么深刻含义?

_____

_____

六、你喜爱动物吗?列举一件事说一说,写下来。

_____

_____

_____

关·于·羊·的·歇·后·语

长颈鹿进羊群——非常突出

长颈鹿进羊群——高出一大截

打兔子碰见了黄羊——捞了个大外快

恶狼对羊笑——不怀好意

饿狼窜进羊厩——无事不来

羊肠小道——绕来绕去

挂羊头卖狗肉——以假乱真

羊见了老虎皮——望而生畏

风中的羊毛——忽上忽下

羊屎落地——颗颗相同

羊抵角——又顶又撞

羊闯狼窝——白送死

羊额的肉——没油水

羊奶好还是牛奶好？

1. 羊奶中含有200多种营养物质和生物活性因子,其中蛋白质、矿物质及各种维生素的总含量均高于牛奶。

2. 羊奶中乳固体含量、脂肪含量、蛋白质含量分别比牛奶高5%～10%。

3. 羊奶中的12种维生素的含量比牛奶要高,特别是维生素B和尼克酸要高1倍。

4. 每100克羊奶的天然含钙量是牛奶的两倍。

5. 羊奶的铁含量较牛奶低。

17 父亲、树林和鸟

◆牛 汉

父亲一生最喜欢树林和歌唱的鸟。

童年时,一个春天的黎明,父亲带着我从滹沱(hū tuó)河岸上的一片树林边走过。

父亲突然站定,朝幽(yōu)深的雾蒙蒙的树林,上上下下地望了又望,用鼻子闻了又闻。

"林子里有不少鸟。"父亲喃喃着。

并没有看见一只鸟飞,并没有听到一声鸟叫。

我茫(máng)茫然地望着凝神静气的像树一般兀(wù)立的父亲。

父亲指着一棵树的一根树枝对我说:

"看那里,没有风,叶子为什么在动?"

我仔细找,没有找到动着的那几片叶子。

"还有鸟味。"父亲轻声说,他生怕惊动了鸟。

我只闻到浓浓的苦味的草木气,没有闻到什么鸟的气味。

"鸟也有气味?"

"有。树林里过夜的鸟总是一群,羽毛焐得热腾腾的。"

"黎明时,所有的鸟抖动着浑身的羽翎,要抖净露水和湿气。"

"每一个张开的喙(huì)舒畅地呼吸着,深深地呼吸着。"

"鸟要准备唱歌了。"

父亲和我坐在树林边,鸟真的唱了起来。

"这是树林和鸟最快活的时刻。"父亲说。

我知道父亲此时也最快活。

过了几天,父亲对我说,"鸟最快活的时刻,向天空飞离树枝的那一瞬(shùn)间,最容易被猎人打中。"

"为什么?"我惊愕地问。

父亲说:"黎明时的鸟,翅膀潮湿,飞起来沉重。"

我真高兴,父亲不是猎人。

趣点直击

　　父亲爱树林、爱鸟,他了解鸟的一举一动,他知道鸟儿什么时候最快乐,什么时候最脆弱。作为儿子的作者,也像父亲一样爱鸟,并庆幸父亲是一个爱鸟人。读完本文,我们也会为父子俩的爱鸟痴情感动的。

悦读优练

一、写几个与"一瞬间"意思相近的词。

　　_____　_____　_____　_____

二、填空。

　　1. "我"和父亲去看鸟的时间是_____,地点是_____,选择这个时间去看鸟的原因是_____,本文的中心句是_____。

　　2. "我真高兴,父亲不是猎人。""我"高兴的原因是_____

三、本文对父亲有哪些动作、神态、语言的描写? 从这些描写中你能看出什么?

　　_____

　　_____

　　_____

　　_____

　　_____

四、父亲对鸟儿那么了解、熟悉,而"我"却是"茫茫然"、"没有闻到"、"惊愕",这样写的目的是什么?

　　_____

　　_____

　　_____

五、"我知道父亲此时也最快活。"这句话与前面哪句话相互照应?

　　_____

　　_____

　　_____

六、说一说你与鸟的故事(或者说说你了解到的鸟的资料),写下来。

　　_____

　　_____

　　_____

快乐积累

与 "鸟" 有 关 的 词 语

一石二鸟	小鸟依人	倦鸟知返	倦鸟归巢
笨鸟先飞	鸟尽弓藏	鸟语花香	鸟为食亡
惊弓之鸟	乌鸟私情	鸦雀无声	乌鸦反哺

畅游百科

世界上最小的鸟

蜂鸟(Wood Nymph)是雨燕目蜂鸟科动物约600种的统称,是世界上已知最小的鸟类。最小的蜂鸟体积比虻还小,体重只有2克,卵重0.2克,和豌豆粒差不多。它的喙是一根细针,舌头是一根纤细的线;它的眼睛像两个闪光的黑点;它翅上的羽毛非常轻薄,好像是透明的;它的双足又短又小,不易为人察觉;它极少用足,停下来只是为了过夜。蜂鸟身体很小,能够通过快速拍打翅膀悬停在空中,每秒约15次到80次,它的快慢取决于蜂鸟的大小。蜂鸟因拍打翅膀的 "嗡嗡" 声(humming)而得名。蜂鸟是唯一可以向后飞行的鸟。蜂鸟也可以在空中悬停以及向左和向右飞。也是世界上最小的温血动物(恒温动物)。在所有动物当中,蜂鸟的体态最妩美,色彩最艳丽。小蜂鸟是大自然的杰作:轻盈、迅疾、敏捷,优雅、华丽的羽毛,这小小的宠儿应有尽有。

18 松鼠的山核桃

◆(美)艾尔·伊斯代普 李荷卿 编译

砰!我又把一个圆鼓鼓的山核桃丢进了我的小桶里。就在那时,一阵凉爽的秋风又从树上吹下一些山核桃来,我爬过去捡拾它们。嘿!捡山核桃还真累,我想。我看了看桶里,我捡到的山核桃还不足半桶。

我6岁,正在堪萨斯州爷爷家的农场度假,爷爷打发我到树林里来捡山核桃,等我们稍后一起吃。那些山核桃只有一个人的大拇指甲那么大,却是我吃过的最好吃的零食。我可不能让爷爷失望。

就在这时,有样东西吸引住了我的目光:一只褐色的大松鼠正在离我不远的地方挖掘。我注视着它,惊讶地看到它用嘴衔起一个山核桃,急忙向一棵树跑去。那只勤劳的松鼠爬上树干,一头钻进一个大洞里就不见了。片刻之后,它又钻出洞来,爬下树,到地面上捡另一个山核桃。它又将捡到的山核桃送到它在那棵树的空树洞里的秘密贮藏室里藏了起来。

现在,那个地方不再是秘密了,我想。我冲到那棵树前,朝空树洞里张望。里面塞满了山核桃!金黄褐色的山核桃就等在那儿随便我拿。这是我的机会。我一把一把地将树洞里的所有山核桃都捧进了我的小桶里。现在,我的桶差不多快满了!

我为自己感到骄傲。我迫不及待地想让爷爷看我捡的山核桃。我飞快地跑回家。爷爷正坐在玉米穗仓库外面的台阶上,剥玉米喂给母鸡吃。

"瞧,爷爷,"我大声叫道,"看我捡的山核桃!"

他盯着我的桶看了看。"好,好,你怎么找到这么多山核桃?"

我眉飞色舞地向他讲述我如何跟着那只松鼠,如何从它在树洞里的隐蔽处拿走了山核桃。当我讲完的时候,我仍然是兴高采烈、得意洋洋的。

爷爷首先表扬了我注意观察松鼠和松鼠的习惯,夸奖我足智多谋。但是他接下来所做的事却让我很惊讶。他将桶递回给我,用胳膊轻轻地搂着我的肩膀。

"那只松鼠那么辛苦地搜集过冬的食物,"他说,"现在,它搜集的所有山核桃都没有了,你想,等天气变冷的时候,那只松鼠不是要饿肚子了吗?"

"我没有想到那一点。"我说。

"我知道,"爷爷说,"但是一个好人,决不应该侵占他人辛勤劳动的成果。你一定要善待所有生物,包括松鼠。"

我突然觉得自己就像那棵老树一样空洞。我仿佛看到那只松鼠正在挨饿,并且怎么也无法将那个饥饿的形象从我的脑海里驱逐出去。我只有一个选择。我拿起那个装满山核桃的小桶,回到那棵树前。我举起小桶,将里面所有的山核桃都倒进了那个树洞里。现在,树洞里又装满了山核桃,不仅是松鼠搜集的——还有我搜集的。

那天晚上,我没有吃到香美的山核桃,但是我觉得心里很充实。我知道自己做了一件正确的事情,这让我感到非常满足。

趣点直击

"一个好人,决不应该侵占他人辛勤劳动的成果。""我"在捡山核桃的时候偶然发现了松鼠的仓库,于是"偷"走了松鼠所有的山核桃。在爷爷的教育下,我愧疚地将松鼠的以及"我"捡到的山核桃全部倒进了松鼠的"仓库"。小松鼠如果看到失而复得而且比原先更多的山核桃,一定会笑逐颜开地感谢人类的好意哦。

悦读优练

一、照样子补充词语。

（圆鼓鼓）的山核桃　　（　　）的香蕉　　（　　）的甘蔗

（　　）的荔枝　　（　　）的猕猴桃　　（　　）的苹果

二、多音字注音组词。

累{——（　　　）／——（　　　）}　　发{——（　　　）／——（　　　）}　　指{——（　　　）／——（　　　）}

铝{——（　　　）／——（　　　）}　　塞{——（　　　）／——（　　　）}　　藏{——（　　　）／——（　　　）}

三、填空。

1. 捡山核桃的活儿很累,因为_____。

2. "我为自己感到骄傲"是因为_____。

3. "我没有吃到香美的山核桃,但是我觉得心里很充实",这是因为_____

4. "我只有一个选择"指的是_____。

四、"我"是怎样跟爷爷讲述"我"拿走松鼠的山核桃的经过的？用第一人称写一段话。

_____

_____

_____

五、说说下面的句子该用什么语气读？

1. 我冲到那棵树前，朝空树洞里张望。里面塞满了山核桃！

_____

2. 他盯着我的桶看了看。"好，好，你怎么找到这么多山核桃？"

_____

3. 我仿佛看到那只松鼠正在挨饿，并且怎么也无法将那个饥饿的形象从我的脑海里驱逐出去。

_____

_____

 **快乐积累** 表·现·善·良·的·词·语

赤子之心	纯洁善良	慈眉善目	慈母心肠	大慈大悲	大发慈悲
敦厚善良	佛口佛心	扶善惩恶	和蔼可亲	疾恶好善	谨慎善良
宽宏大度	宽厚仁爱	乐善好施	良师益友	良心发现	凛然正气
平易近人	菩萨心肠	朴实善良	轻财好施	仁慈善良	仁至义尽
善人义士	天良发现	心慈面善			

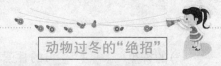 **畅游百科**

动物过冬的"绝招"

松鼠和野兔都要把窝垫暖了，找到松塔啊、榛子啊、橡子什么的储备食物，它们冬天都不冬眠。还有，它们还要换毛，冬天要换上与夏天不一样的毛。

蛇是集体冬眠的，它们互相聚集在一起冬眠，那样可以取暖，提高温度。如果单独过冬会冻死的，它和青蛙一样也是变温动物，聚在一起可以减少死亡率。

熊冬眠是因为冬天不容易找到食物，到了秋天它们就大吃特吃，使自己长胖，冬天就靠脂肪来提供养料。但是，冬眠时，它们还会醒过来的。

蝙蝠也是冬眠的。它在山洞里用后足的尖爪攀住石缝，头朝下悬在空中，一"吊"就是半年。

刺猬冬眠时，蜷缩一团，远看好像一个大绒球。它在巢穴中冬眠时，体温下降到9度。冬眠中的刺猬会偶尔醒来，但不吃东西，很快又入睡了。冬眠的刺猬如果过早醒来会被饿死的。

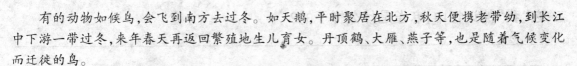

有的动物如候鸟，会飞到南方去过冬。如天鹅，平时聚居在北方，秋天便携老带幼，到长江中下游一带过冬，来年春天再返回繁殖地生儿育女。丹顶鹤、大雁、燕子等，也是随着气候变化而迁徙的鸟。

19　躲进耳朵的麻雀

◆杨犁民

我不知道麻雀都到哪儿去了。

用一句时髦的话说，它们仿佛一夜之间便从地球上蒸发了。如今，只是活在了我偶尔的回忆里。

在我的童年，这是一种随地可见，甚至比鸡、狗更深入接近于我们生活的动物。它们在瓦洞、在草棚，叽叽喳喳，生儿育女；有时候黑压压一片，在山坡上，在晒坝里，与农人争抢赖以生存活命的粮食。

而我和伙伴们的仇恨，则来自于它们的大胆和随意。我们把它们的鸟蛋掏出来，把它们尚未长毛的儿女狠狠地摔在地上，或是拿去喂进了小猫涎水四溢的嘴里。

没有人告诉我，这是一种杀戮和残忍。

后来我终于知道，它们所偷吃的粮食其实远远少于它们从害虫嘴里抢出来的；它们跟我们一样，都是地球的居民，享有同样的生存的权利；而该死的人类，曾经以一己之私，动员起自己的男女老幼，开展了一场一个种族针对另一个种族的大清洗……

——那么残忍的屠戮都不曾将这小小的灰姑娘似的种群灭绝。

可如今，麻雀都到哪儿去了呢？

化肥、农药……如果不是人类投下的慢性毒物，造成了麻雀整体性的消亡，那么，<u>一定是麻雀宁死也不愿再与人类毗邻而居</u>。

麻雀已经从我们的生命中走远了。没有申诉，也没有怨恨。

我想，麻雀一定是躲进我的耳朵里去了——留在脑海深处的叽叽喳喳，总是无端地在耳边响起。

　　小小的麻雀，曾经那么真切地接近我们的生活，它们热热闹闹地生活，勤勤恳恳地捉虫，享受着作为地球子民的生存权利。然而，人类由于对它的误解，曾经那么绝情地对待它们。现在，在哪里可以找到它们活泼小巧的身影呢？唯有记忆中了。

一、选字组词。

时(髦　鬓)　　偶(而　尔)　　回(忆　亿)　　(惨　残)忍

清(冼　洗)　　无(端　瑞)　　(享　亨)有　　(毗　比)邻

二、在"我"的记忆中,麻雀是什么样子的?

_____

_____

三、作者怎样痛悔人类对麻雀的绝情?

_____

_____

_____

四、下面的句子用了什么修辞手法?

1. 它们在瓦洞、在草棚,叽叽喳喳,生儿育女;有时候黑压压一片,在山坡上,在晒坝里,与农人争抢赖以生存活命的粮食。

_____

2. 那么残忍的屠戮都不曾将这小小的灰姑娘似的种群灭绝。

_____

3. 麻雀已经从我们的生命中走远了。没有申诉,也没有怨恨。

_____

五、说说你对本文结尾一句话的理解。

_____

_____

六、动物是人类的朋友,与人类是唇齿相依的关系。请你拟写几条宣传标语,号召大家都来爱护动物吧!

_____

_____

_____

快乐积累

叠·词

挨挨挤挤	安安静静	层层叠叠	苍苍茫茫	匆匆忙忙	断断续续
端端正正	大大小小	地地道道	多多少少	躲躲闪闪	纷纷扬扬
风风雨雨	分分秒秒	缝缝补补	方方面面	方方正正	沸沸扬扬
纷纷攘攘	鬼鬼祟祟	鼓鼓囊囊	恭恭敬敬	干干净净	

畅游百科

为什么蚊子喜欢咬穿深色衣服的人?

蚊子多是喜欢弱光的,全暗或强光它都不喜欢。当然,由于蚊子种类的不同,它所喜爱的光的强弱程度也有所不同。例如,伊蚊多半白天活动,而库蚊和按蚊多半在黄昏或黎明时活

动。但不论是白天活动，还是晚间活动的蚊子，都是想躲避强光的。深色的衣服如深蓝色、咖啡色、黑色等，因为光线较暗淡，适宜蚊子的生活习性，浅色衣服反射的光较强，对蚊子就有驱避作用。所以穿深色衣服要比穿浅色衣服的人更容易被蚊子叮咬。

第五单元
瞭望海的那边

20 爱管闲事的丹麦人

◆ 陈世旭

丹麦人喜欢"管闲事"。这是在丹麦工作多年的朋友一个极深的印象。在公共场所，你的车子没有准确地停进划定的位置，或者你停车后没有及时熄火，从路上走过的任意一个人，或者一直在远处街角的一把长椅上发着呆的一个什么人，便会走到你身边来，请你把车子按规矩停好，或是请你让车子安静下来，停止排气（如果你车子不熄火是为了排除故障，他一定设法帮你把车子牵引到专门修车的地方，让专业人员处理）。你在钓鱼，一些毫不相干的人会走过来。你以为他来给你助兴，他却其实来看你的鱼桶。如果你钓上的鱼不符合法律规定的标准，他就会要求你把这些鱼放回到你垂钓的水里去。并且，提出这些要求的时候，他们不只是提醒一下，说说而已，而是一直要在旁边监督着，直到你完全满足了他们的要求，他们才很欣然地跟你道一声谢谢，然后继续走他们的路或去发他们的呆。邻里之间也更是管得宽。哪家的房子油漆好久没刷了，屋顶上的草发黄了（他们在很豪华的房子的屋顶上盖上厚厚的一层麦秸，麦秸上再长出一片葱郁的青草），别人就会帮你请来油漆工或检修工。等你回来，把账单给你，你如数付账就是。

丹麦很开放，许多方面可说自由得不得了。然而一个人倘若没有或缺乏维护公共生活准则的自觉，便会处处受制，颇不自由。

丹麦是禁止养鸟的。但丹麦的鸟食市场却又大又兴旺。人们买了鸟食，便悬挂在自己的庭院里，专供自然界的鸟群食用。吃完了，他们又再去买。庄子说过"族与吾类同"的话。丹麦人乃至北欧人，对自然的崇尚，对与自然万物达成融洽相处的追求，大约有一点庄子理想的境界的意思。

在丹麦生活了几年的中国人，自然也会受到这风气的影响，中国驻丹麦大使馆，常有一只狐狸来光顾。使馆几位动物爱好者每天为它备好食物。狐狸吃完，抹嘴便走，来亦无影，去亦无踪。有段日子，几位狐狸之友因为出差而未能及时备食，狐狸竟对中国使馆有了意见。悄悄溜到台球室，把台球叼到院子里，掏个洞埋起来。但打台球的人并没有把台球的失踪同狐狸的情绪联系起来，甚至压根就不往狐狸头上想。狐狸看看人们这么缺心眼，意识到自己的恶作剧太过复杂，弯子绕得太大，让人不懂，便重把那些台球从土里刨出来，让它们滚得满院子都是。总算让使馆的人们开了窍，开始用心思，找原因。分析来分析去，终于分析到狐狸头上。在那几位狐狸之友回来之前，恢复了对狐狸的供给。大使馆这才天下太平。

第五单元 瞭望海的那边

趣点直击

看，这些爱管闲事的丹麦人够有趣吧？他们会管你停车，管你钓鱼，管你家房顶上的草……初看，是爱管闲事，细读，你会体味出丹麦人对自然、对环境的高度关心和重视。连居住在那里的外国人也会受到他们的影响，从而崇尚自然、善待动物呢。

悦读优练

一、选字组词。

（印 映）象　　（灰 恢）复　　分（析 折）　　（钓 钩）鱼
油（膝 漆）　　悬（挂 桂）　　融（洽 恰）　　（饲 伺）养

二、说说下面加点的词在句子表达上的作用。

1. 丹麦很开放，许多方面可说自由得不得了。

2. 他们不只是提醒一下，说说而已，而是一直要在旁边监督着，直到你完全满足了他们的要求，他们才很欣然地跟你道一声谢谢，然后继续走他们的路或去发他们的呆。

3. 狐狸看看人们这么缺心眼，意识到自己的恶作剧太过复杂，弯子绕得太大，让人不懂，便重把那些台球从土里刨出来，让它们滚得满院子都是。

三、你知道下面的俗语是什么意思吗？

1. 缺心眼（　　　　　　）　　2. 绕弯子（　　　　　　）

3. 打马虎（　　　　　　）　　4. 甩包袱（　　　　　　）

5. 拖后腿（　　　　　　）　　6. 翘尾巴（　　　　　　）

四、本文列举了哪些例子说明丹麦人"爱管闲事"？他们管的这些闲事有什么共同点？

五、你身边有哪些破坏环境的现象？你觉得应该怎样做才能改变现状？

快乐积累

常·用·的·俗·语

矮子面前不说短话	冰冻三尺,非一日之寒
按下葫芦起来瓢	病从口入,祸从口出
饱汉不知饿汉饥	不比不知道,一比吓一跳
被人卖了还帮着数钱	不经一事,不长一智
比上不足,比下有余	不可不信,不可全信
便宜没好货,好货不便宜	常说口里顺,常做手不笨
兵来将挡,水来土掩	常在河边站,哪有不湿鞋

畅游百科

为什么给狐狸戴上"狡猾"的帽子?

狐狸真称得上诡计多端,它的骗术层出不穷。有时,它被人捉住,会装死躺下,停止呼吸、身子瘫软。猎人以为它死了,便把它扔到地上,去做别的事,它再乘人不注意而逃掉。

狐狸身上有一股臭味,猎人们常常根据它的这股特殊味儿追捕它。狐狸的臭味来自它尾根的臭腺,它能分泌一种油质的物体,奇臭无比。狡猾的狐狸到了危险的时候,会自行除臭,或把臭气传染给羊,把猎人引入歧途,自己却安然逃掉。

狐狸以捕食小动物为生,野兔、野鼠、蛙、家禽、羊等都是它的捕食对象。狐狸捕食小动物也与众不同,先要耍点儿阴谋诡计。狐狸会学小羊叫、兔子叫,骗它们出来送死。狐狸还会在惊恐的兔子面前搔首弄尾,装出一副天真友好的模样,等兔子放松警惕以后,它就猛扑上去。

21 再富也要"穷"孩子

澳大利亚属于西方发达国家,人民生活较为富裕。然而,富裕的澳大利亚人信奉"再富也要'穷'孩子!"他们的理由是:娇惯了的孩子缺乏自制力和独立生活的能力,长大成人后难免吃亏。

"孩子应当比大人少穿一件衣服。"这是澳大利亚居民为孩子穿衣时说的一句话。因此,在澳大利亚即使是在最冷的冬天,也很少见哪一位家长会给孩子穿棉衣和防寒服,最多只是在"短打扮"外面罩上一套绒衣而已。

许多澳大利亚居民用"粗"来打磨顺境之中的孩子。澳大利亚污染小,太阳辐射异常强烈,稍不注意,人就被晒得"皮开肉裂"。然而,走在大街上,却不时见到母亲推着婴儿车在炎炎烈日下前进……其实,那车上并非没有遮阳篷,这些母亲是以此来"打磨"幼小孩子的。对此,你不能不佩服他们的良苦用心。

曾有外来者在澳大利亚悉尼一家医院目睹这样一幕:一对夫妻来医院就诊,妻子进诊室去检查,丈夫便带着两岁的女儿在外面大厅等待。女儿口渴要喝水,这位父亲便在身旁的自动售货机上顺手扯了一个免费纸杯,然后进厕所接来一杯自来水(澳大利亚的自来水经过净化,可

以直接饮用)递给孩子。其实,这位父亲并不是买不起饮料,他是一家体育用品公司的主管,年薪达15万元之多,而此刻自动售货机上正出售的可口可乐和橙汁,才不过一元一杯。

这种以"穷"待孩子现象在澳大利亚并非个别。每逢给孩子打防疫针的日子,这里社区儿童保健站里便排成长龙。排队中,家长常将还不会走路的孩子"甩"到铺有地毯的地上,任其去爬、去滚,绝对看不见一哭就抱的现象。澳大利亚人酷爱勇敢者的运动——冲浪,无论是夏天还是寒冬,父母都常常带孩子去海滩。太小的孩子便光着脚丫自己去玩沙、玩水,稍大一点的孩子便跟着父亲下海冲浪。

不过,澳大利亚人"穷"孩子并非像日本人那样刻意为之,他们的想法很简单,"为未来着想":既然孩子长大后早晚要离开父母,去独闯一片天地,与其让他们那时面对挫折惶惑无助,还不如让他们从小摔摔打打,"穷"出直面人生的能力和本事。然而,面对这并不算新鲜的观念,对于那些过分溺爱孩子的父母来说,是不是该有点启发呢?

趣点直击

澳大利亚很富裕,但那里的孩子们却并非过着锦衣玉食的安逸生活,澳大利亚居民们时时处处注意用"穷"办法来打磨孩子,这是一种对孩子的未来负责的态度。相比澳大利亚人,中国人对孩子的溺爱就值得反省了。

 **悦读优练**

一、写反义词和近义词。

1. 反义词

富裕——( )　　强烈——( )　　简单——( )

2. 近义词

异常——( )　　信奉——( )　　刻意——( )

二、"再富也要'穷'孩子!"这句话中的"富"和"穷"分别是什么意思?

_____

三、澳大利亚居民是怎样"穷"孩子的?

_____

_____

_____

四、读句子,写句子,用上加点词。

1. 无论是夏天还是寒冬,父母都常常带孩子去海滩。

_____

2. 与其让他们那时面对挫折惶惑无助,还不如让他们从小摔摔打打,"穷"出直面人生的能力和本事。

_____

_____

趣文悦读 五年级

五、在文中找出与下面句子相照应的句子,并写下来。

娇惯了的孩子缺乏自制力和独立生活的能力,长大成人后难免吃亏。

_____

_____

六、读了本文,你有什么感想?联系现实生活谈一谈。

_____

_____

关·于·磨·难·的·名·句

马走软地要失前蹄,人听甜言常栽跟头。

生于忧患,死于安乐

宝剑锋从磨砺出,梅花香自苦寒来

自古英雄多磨难,从来纨绔少伟才

不经风雨,怎能见彩虹?

不经一番寒彻骨,哪得梅花放清香?

吃得苦中苦,方为人上人

澳大利亚独有的珍奇动物——鸭嘴兽

鸭嘴兽长约40厘米,全身裹着柔软褐色的浓密短毛,四肢很短,五趾具钩爪,趾间有薄膜似的蹼,酷似鸭足,吻部扁平,形似鸭嘴,尾大而扁平,是现生哺乳类中最原始而奇特的动物,仅分布于澳大利亚东部约克角至南澳大利亚之间,在塔斯马尼亚岛也有栖息的鸭嘴兽。鸭嘴兽是最原始的哺乳动物,是卵生的,此点和爬行动物和鸟类一样!它还是游泳能手,用前肢蹼足划水,靠后肢掌握方向,捕食一些生活在河中的小的水生动物。此外,鸭嘴兽是极少数用毒液自卫的哺乳动物之一。总之,鸭嘴兽是很奇怪的一种哺乳动物。

 22 警察和小孩

◆陈祖芬

多伦多远郊的一方空地上,停了一辆警车。一个两岁小孩奶声奶气地嚷嚷着,用双手拍打警车的门。他妈妈给他塑料奶嘴也不要,哭闹着就是要进警车。

那警车,一方蓝、一方白、一方红,三色冰淇淋一样地鲜艳好看,怪不得小孩不肯离去。

警察也在车旁笑着看小孩。他高大憨厚,笑眯眯的眼睛里洒下一片暖暖的善意。他抱起那小孩,放在车顶,感觉里,好像NBA篮球赛中球员把篮球放进球筐那么居高临下。小孩挂着泪水就笑了,笑得大张着嘴,流着冰糖样透明的口水。

小孩在警车顶上围着车灯爬来爬去,好像那警车顶是儿童游乐场。警察站在车旁作保护,

50

好像游乐场的服务员。

警察的形象常常就是国家的形象。这就是加拿大！我取出照相机正要照警察和小孩,警察谦逊地躲开。我邀他一起照,他立刻就走过来。

告别了警察和小孩,我们的车开进一个陌生的小镇,需要停车问一下路。在车道上很少有问路的,你停车问路,后边的车就不能开了。小镇车少,但后边也有了两三辆。后边那辆车里,一男士轻悠地拍打驾驶盘,好像在说你们要问路就问吧,决不按响喇叭催你。我想起在国内流行一句话:一份好心情。好心情是一种教养、一种素质、一种全社会缔造的氛围。

我们在小镇随便走进一家商店。

这家布店,卖一方小花布,很好看,我想或可用来做洋娃娃。牌上写着一元钱四条。我挑了四条去交款,对方说不对,一元钱十条。我说那上边写着一元钱四条。对方说你再去拿六条,我说不,一元钱就是四条。对方说刚刚改成一元钱十条了,那牌子上还没改。

这样一个私家小店,就一个妇女。顾客自己愿意拿四条就交一元钱,本来她收下钱也就行了,所谓的四条还是十条,还不是她自己订的。然而她就像恪守法律那样恪守自己制定的价格。

又进一个私家小店,有一半是旧物。旧物独有的品位往往新商品很难具有。一种小碟,玲珑精巧,上边贴着条:一元。两只叠在一起,我拿了一只。交款时,店主叫我再去拿一只。我说我只要一只。店主说一元两只。我说这条上写着一元一只。店主说这碟两只叠在一起收一元。

像这样诚实的国民,还需要警察吗？不过,正是有这样的国民才有这样的警察;有这样的警察,就有这样的国民。

趣点直击

这样充满善意和诚意的人群,真让人心里暖暖的！这就是物质文明和精神文明都高度发达的加拿大,生活在其中的人们是多么幸福啊！如果我们的身边也多一些这样的善意、理解和诚恳,我们的生活也会和他们一样美好。

悦读优练

一、给加点字注音。

谦逊　　　陌生　　　　缔造　　　　氛围　　　　邀请　　　　恪守

（　　）　（　　）　（　　）　（　　）　（　　）　（　　）

二、根据意思写词语。

1. 站在高处向低处看。（　　　）

2. 很小巧可爱的样子。（　　　）

3. 非常严格地遵守规定和条约。（　　　）

三、下面句中的加点词在表达上有什么作用？

1. 我们在小镇随便走进一家商店。

2. 后边那辆车里,一男士轻悠地拍打驾驶盘,好像在说你们要问路就问吧,决不按响喇叭催你。

四、找出是比喻句的项,说说哪是本体,哪是喻体。

1. 那警车,一方蓝、一方白、一方红,三色冰淇淋一样地鲜艳好看。

_____

2. 小孩在警车顶上围着车灯爬来爬去,好像那警车顶是儿童游乐场。

_____

五、文章的结尾段有五个"这样",具体说说每个"这样"的意思。

_____

_____

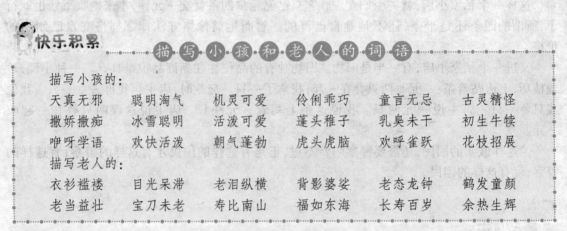

快乐积累 ·····描·写·小·孩·和·老·人·的·词·语·····

描写小孩的:

天真无邪	聪明淘气	机灵可爱	伶俐乖巧	童言无忌	古灵精怪
撒娇撒痴	冰雪聪明	活泼可爱	蓬头稚子	乳臭未干	初生牛犊
咿呀学语	欢快活泼	朝气蓬勃	虎头虎脑	欢呼雀跃	花枝招展

描写老人的:

衣衫褴褛	目光呆滞	老泪纵横	背影婆娑	老态龙钟	鹤发童颜
老当益壮	宝刀未老	寿比南山	福如东海	长寿百岁	余热生辉

畅游百科

世界上最大的潮汐——加拿大芬地湾潮汐

人们把白天海面的涨落称为"潮",把夜间海面的涨落称为"汐"。伟大的法国文学家曾把这种现象形象地比喻为"大海的呼吸"。

世界上最大的潮汐发生在芬地湾。它位于加拿大的新斯科舍半岛,新不伦瑞克省和美国的缅因州之间。在加拿大新斯科省明纳斯湾的本科特海角,最大的潮差平均达14.5米。1953年,在里夫湾更有一次每次海潮涌起达16.6米的潮汐记载。

那么,潮汐究竟是怎样产生的呢?日常所见到的海水涨落这种潮汐现象主要就是月亮和太阳的引潮力共同作用的结果。原来,当月亮绕着地球旋转,由于地球和月亮之间存在着万有引力,月亮对地球的引潮力把地球上的海水吸向靠近自己的一边。结果,对着月亮的海水被吸得凸向相反的方向。这样,地球上的海水就向两头凸出,而中间部分的海水就凹下去了。这一凸一凹,随着地球的自转就形成了海水的涨落,一天就出现了两次涨潮,两次落潮。

不过,因为太阳离地球的距离比月亮远得多,对地球的引潮力小,所以它对海水涨落的作用也比月亮小,还不到月亮的一半。

第五单元 瞭望海的那边

23 倒垃圾中奖

◆ 何如平

前几年,我到德国工作了一段时间,到了异国他乡,就得入乡随俗。

拿倒垃圾来说,德国人是严格执行垃圾分类的,我特意买了几个垃圾桶放在公寓,桶的外面贴上垃圾类型的标签,方便前来做客的朋友们扔垃圾。

那天我拎着三个分别装着可燃垃圾、不可燃垃圾、资源垃圾的垃圾袋来到指定的摆放点,不料被管理人员拦住了,我不解地说:"我是严格按垃圾分类的要求倒垃圾的,有错吗?"对方看了看我的垃圾袋:"分类准确无误,但是您倒垃圾的时间不对,这里只允许每周一、四的晚上九点以前倒垃圾。"

倒垃圾居然还有时间限制?我有些吃惊:"您也许忘记了,今天正好是星期四。"我随即笑着对管理人员说,暗自庆幸自己正巧碰上了倒垃圾的时间。"可是现在是晚上九点零五分。"对方认真地说。我无可奈何地学着老外的样子耸了耸肩,德国人严格遵守制度是世界有名的,我知道没有任何回旋的余地,只好拎着垃圾袋原路返回。

过了一个星期,我用推车推着几大袋垃圾来到摆放点,因为这次时间没错,所以这里是一番热闹而有序的景象,有人居然开着奔驰车来倒垃圾。我倒完垃圾准备回去,又被管理人员拦住了。我嘀咕:哪里做得不对吗?

对方笑盈盈地对我说:"先生,感谢您为环保事业做出的贡献,这是一百欧元的环保奖。"他递给我一张精美的卡片,凭卡片可以到当地政府的环保部门兑换现金。环保奖是当地政府为提高市民环保意识而设立的专项奖,我倒的资源垃圾如金属、纸张、塑料等达到一定的数量,被电脑随机抽中而获奖。难怪以前倒完垃圾后管理人员都会让我选个号,原来是供电脑抽奖用的。虽然一百欧元对于普通德国人来说是个小数目,我却感到很欣喜,想不到倒垃圾也能有回报呀!

趣点直击

倒垃圾有严格的时间限制!倒垃圾还能中奖!这发生在重视环保的德国,多么有趣呀!小读者,要记得把这个故事讲给你身边的人哦!

一、用合适的词语替代下面句中加点的词。

1. 倒垃圾居然(　　　)还有时间限制?

2. 我随即笑着对管理人员说,暗自庆幸(　　　)自己正巧碰上了倒垃圾的时间。

3. 我知道没有任何回旋(　　　)的余地,只好拎着垃圾袋原路返回。

4. 他递给我一张精美的卡片,凭卡片可以到当地政府的环保部门兑换(　　　)现金。

二、将相关的项连线。

欧元	中国货币
美元	欧洲货币联盟国家单一货币
日元	日本货币
人民币	美国货币

三、本文写了哪两件与"倒垃圾"有关的事情,简要地概括一下。

_____

_____

四、德国人是怎样给垃圾分类的?你知道的资源垃圾有哪些?

_____

_____

五、仿写句子,用上加点词。

难怪以前倒完垃圾后管理人员都会让我选个号,原来是供电脑抽奖用的。

_____

六、对于我国的环保事业,你有哪些好点子?说一说,写下来。

_____

_____

_____

 快乐积累 ·····含"不"的词语······

不假思索	坚持不懈	忍俊不禁	不屈不挠	兵不血刃	学而不厌
临危不惧	漫不经心	美不胜收	情不自禁	宁折不弯	不白之冤
不同凡响	孜孜不倦	华而不实	不以为然	锲而不舍	威武不屈
不屑一顾	川流不息	迫不及待	自强不息	赞叹不已	不厌其烦

 畅游百科

废旧电池的危害

一粒纽扣电池可污染60万升水,等于一个人一生的饮水量。一节电池烂在地里,能够使一平方米的土地失去利用价值,所以把废旧电池说成是"污染水炸弹"一点也不过分。

我们日常所用的普通干电池,主要有酸性锌锰电池和碱性锌锰电池两类,它们都含有汞、锰、镉、铅、锌等各种金属物质,废旧电池被遗弃后,电池的外壳会慢慢腐蚀,其中的重金属物质会逐渐渗入水体和土壤,造成污染。

废旧电池的危害主要集中在其中所含的少量的重金属上。过量的锰蓄积于体内引起神经性功能障碍;锌的盐类能使蛋白质沉淀,对皮膜黏膜有刺激作用,当在水中浓度超10～50毫史/升时有致癌危险,可能引起化学性肺炎;镍粉溶解于血液,参加体内循环,有较强的毒性,能损害中枢神经,引起血管变异,严重者导致癌症;汞在这些重金属污染物中是最值得一提的,它

具有明显的神经毒性,此外对内分泌系统、免疫系统等也有不良影响。

24 新西兰:小偷的天堂

◆李满朝

新西兰关于保护小偷的法律特别完善。

举例来说,小偷到你家里行窃,被你撞上了:

一、你不准威胁小偷,否则你就犯了恐吓罪。

二、你不能骂小偷,否则你就犯了侮辱罪。

三、你不能同小偷有任何身体接触,否则你就犯了非法拘禁罪。

四、你更不能打小偷,否则你就犯了伤害罪。

五、假如你家养的狗把小偷咬伤了,而你又没有在墙上、门上到处贴有"家里有狗会咬人"之类的醒目告示。你就犯了狗类疏于管理罪。你的狗会被处死,而你要准备好给小偷大把赔款。

你所能做的就是告诉小偷"你坐沙发上等着,我去叫警察"。小偷愿不愿意坐,就看给不给你面子了。假如小偷慌不择路,跑出门外或跳出窗户时不小心扭伤了脚,国家有个叫 ACC 的机构马上会给他提供免费医疗,还会给他相应的误工补助。

当你拨打了 111 紧急报警电话后,如果两个小时内警察能赶到,估计是他们可能刚才正好溜到你家附近了,一般情况下警察会在两天内到你家看现场。警察到你家后会拿个表格出来登记你的损失,然后在表格上盖个章,案子也就处理完了。你拿着那个盖了章的表格,可以到保险公司索赔,假如你没参加保险,事情到此就结束了,整个事情用不到 20 分钟。

哈哈,新西兰人对小偷是多么宽容哦!竟然有这么多的法律是用来保护小偷的!读了本文,你会不会担忧地想,新西兰是否会小偷为患呢?

一、完成词语。

完善的←　　　　醒目的←　　　　处理←

二、给下面句子加标点。

假如你家养的狗把小偷咬伤了　　而你又没有在墙上门上到处贴有　　家里有狗会咬人之类的醒目告示　　你就犯了狗类疏于管理罪

三、按要求变换句子。

1. 新西兰关于保护小偷的法律特别完善。(缩写句子)

2. 小偷愿不愿意坐,就看给不给你面子了。(改为"是……还是……"的句子)

_____

四、你从下面句子中读出了哪些言外之意?

1. 如果两个小时内警察能赶到,估计是他们可能刚才正好溜到你家附近了。
  ("两个小时"是长还是短?"溜"在这里是什么意思?这个句子说明什么?)

_____

2. 一般情况下警察会在两天内到你家看现场。
  ("两天"说明什么?)

_____

五、为什么说"新西兰是'小偷的天堂'"?

_____

_____

_____

六、你认为新西兰对待小偷的这些法律好不好?说说你的看法。

_____

_____

_____

 快乐积累

闯红灯——意思做了不该做的事。

唱主角——意思是以某人为中心。

马后炮——意思是事情结束了才说。

八九不离十——意思是十拿九稳了。

老牛拉破车——意思是动作慢。

依葫芦画瓢——意思是照搬照画,一模一样。

打肿脸充胖子——意思是办不到的事硬要说办得到。

鸡蛋里找骨头——意思是太挑剔了。

 畅游百科

为什么动物对地震比人敏感?

5.12 汶川大地震发生后,人们才回过头来发现,原来那天鸡上房,狗乱叫,猫不进屋,青蛙上街,原来是告诉我们要地震了,为什么动物对地震比人敏感呢?

1. 听觉的原因。人的听力范围是 20~20000 赫兹,但很多动物可以听到更低频率的声音,而地震更多的是发出次声波,所以我们会看到在地震前很多动物都焦躁不安。

2. 触觉。相比人类两足行走,大多数动物接触地面的面积更大。另外,有一些动物的触觉本就十分灵敏,比如蛇,它能感知地面震动从而获取猎物的方位与距离。

 25　爱的标记

◆古保祥

不久前,我们学校组织了一场亲子游戏。孩子们穿着一样的校服,用布蒙住脸,然后站成一排。家长们则需要以最快的速度找出自己的孩子。

这是个很有挑战性的游戏,我不禁为现场的父母们捏了一把汗。

可结果出乎意料,他们全都在规定时间内找到了自己的孩子。我诧异万分,便将其中一位家长留下来问她缘由。她笑道,我儿子的小手脏兮兮的,大拇指上有一道黑痕,那是他捏铅笔的姿势与别人不一样造成的。

打听另一个家长。她说其实没什么,我的儿子头很大,在他们班中是最大的,所以,我看到头最大的,就一定是我的儿子。

他们的话让我猛然想起小时候发生的一件事……

一次在县城里赶集,大车小车和熙熙攘攘的人群如乱七八糟的脏水肆意流淌着。

我糊里糊涂地与母亲走散了,然后便是哭声、雨声还有马的嘶鸣声此起彼伏……

我醒来时,却发现被人套进了一辆马车里,大概是人贩子吧,我害怕极了,想呼救,嘴却被堵住了。

我挣扎着,但无济于事。路过一个大街时,恰巧看到母亲带人在找我。我不顾一切地将自己的小手探了出去,在外面不停地划拉,嘴里叫不出来,但手还是可以行动的。尽管这看起来是一种徒劳——不就是一只手吗? 谁会认识你的手啊!

可奇迹发生了。母亲竟然认出了那是我的手。她大声招呼人拦住那辆车。我终于得救了。

我很好奇母亲是如何发现我的。

母亲的回答令我大吃一惊。她说:我看见你的手了——大拇指的指甲掉了半个,那是你上个月不小心跌倒时受的伤——由此我断定,车里一定是你。

大头,拇指上的黑痕,还有那半个指甲,都是孩子保存在父母心中的爱的标记。因为他们时时关注着孩子,所以,孩子的一举一动,一哭一笑,一闪一失都会被他们拷贝在记忆里,并且在不断地更新着。这些点点滴滴的下载,不断丰富着父母的内存,粘贴着对孩子的爱。

趣点直击

　　仅凭孩子身上的一小块印记,父母就能从人群中准确地找出自己的孩子,这不是巧合,而是缘于父母对孩子深深的了解,这种了解来自于父母对孩子深深的爱!这则有趣的故事在带给我们震撼的同时,也给我们启迪,我们是否也能发现父母留在我们心中那爱的标记呢?

悦读优练

一、给加点字注音。

　　挑战(　　)　　不禁(　　)　　肆意(　　)　　流淌(　　)
　　划拉(　　)　　指甲(　　)　　跌倒(　　)　　拷贝(　　)

二、填字组词。

　　出手(　)(　)　　　(　)(　)万分　　熙熙(　)(　)　　乱(　)(　)糟
　　此(　)彼(　)　　　(　)(　)于事　　不顾(　)(　)　　(　)里(　)涂

三、本文叙述了哪几件事?其中哪一件事是详写?

_____

_____

四、本文中"爱的标记"指的是_____

_____

五、读完本文,你想对你的父母说什么?

_____

_____

_____

六、说说下面一段话中加点词的具体含义。

　　孩子的一举一动,一哭一笑,一闪一失都会被他们拷贝在记忆里,并且在不断地更新着。这些点点滴滴的下载,不断丰富着父母的内存,粘贴着对孩子的爱。

_____

_____

_____

快乐积累　　　关·于·母·爱·的·名·言

　　母亲,是唯一能使死神屈服的力量。　　　　　　　　　　——高尔基
　　世界上有一种最美丽的声音,那便是母亲的呼唤。　　　　——但丁

> 人的嘴唇所能发出的最甜美的字眼，就是母亲，最美好的呼唤，就是"妈妈"。　——纪伯伦
>
> 在世上没有比母亲的抚爱更美好、更深沉、更无私、更真切的感情。　　——巴尔扎克
>
> 在孩子的嘴上和心中，母亲就是上帝。　　　　　　　　　　　　　——英国谚语
>
> 妈妈你在哪儿，哪儿就是最快乐的地方。　　　　　　　　　　　　——英国谚语
>
> 慈母的胳膊是慈爱构成的，孩子睡在里面怎能不甜。　　　　　　　　——雨果
>
> 成功的时候，谁都是朋友。但只有母亲——她是失败时的伴侣。　　——郑振铎
>
> 全世界的母亲多么的相像！她们的心始终一样，每一个母亲都有一颗极为纯真的赤子之心。　　　　　　　　　　　　　　　　　　　　　　　　——惠特曼

 畅游百科

 小孩屁股上的青色胎记是怎么回事？

医学上的解释是，出生不久的婴儿身上有胎记，大多数情况下属于正常生理理象。背部和臂部等部位形状各异、大小及数目不等的淡青色或灰青色的胎记，是真皮内细胞的特殊色素积聚沉着所造成的。据深圳阳光医院对比研究，这是炎黄子孙的一个特殊标记，白种人和黑种人是没有的。随着孩子年龄增长，真皮内细胞沉积的色素逐渐减少，会自行消退。大约2岁左右完全消失，但少数可部分地保留终身。它不会给身体健康和发育带来不良影响，因为部位隐蔽，也不影响外观，不须采取任何治疗措施。

26　我喜欢咱们一起过

◆孙红岩

儿子7岁的时候，有一次在回家的路上，他忽然表情凝重地说："我们班上有一个同学的爸爸妈妈离婚了。"我心不在焉地"哦"了一声。

他奇怪地问我："妈妈，你怎么不说'好可怜哦'？"

我正往卖水果的地方张望，考虑买哪家的橘子，就顺口说："好可怜哦！"

他又说："咱们后面楼上的那个小孩，就是整天跑步的那个，他的爸爸妈妈也离婚了。"

我继续说："好可怜哦！"然后开始挑选橘子。

买好后，我顺手递给他一个。他却不接。

又走了几步，他突然像鼓足了勇气似的小心翼翼地问我："妈妈，你会和爸爸离婚吗？"

我坚决地摇摇头说："不会的，你放心吧！"

可是，他不放心，继续追问说："如果离了呢？如果离了，你会要我吗？"

看着他认真的表情，我不好再敷衍，就问："你呢，你愿意跟谁？"

他紧紧拉着我的手，说："我当然愿意跟妈妈！"

我搂着他瘦弱的肩膀，坚决地点点头，说："儿子，妈妈也绝对会要你！妈妈可不会把你丢给后娘。"

儿子放心地笑了，主动要了一个橘子吃。

橘子只吃了一半,他忽然像才想起一件大事似的问:"妈妈,我跟你,可以带一个人吗?"

我觉得好笑。这小家伙,怎么假戏真唱了呢? 于是我说:"好吧,允许你带一个人。你想带谁?"

他说:"我喜欢奶奶,我想带奶奶。"

我装作认真地想了一下,然后说:"好吧,允许你带奶奶。"

他开心地笑了一下,忽然又说:"把爷爷也带上吧! 爷爷不会做饭,得跟着奶奶。"

我又装作思索的样子,他在一旁丝毫不放弃地求我,我终于郑重地点点头说:"好吧! 把爷爷奶奶都带上。"

儿子非常开心,痛快地吃着余下的橘子。快到家时,他突然又说:"妈妈,我还想带一个人。"

"不能再带了。"我想不出他还会带谁,就拒绝了他的要求。

"妈妈,求求你带上他吧!"儿子着急地说。

"好吧! 你还想带谁呀?"我有些不耐烦地问。

"带上爸爸吧! 他一个人过多可怜呀!"儿子说。

"哈哈哈!"我禁不住开心地大笑起来,全然不顾招来周围许多人诧异的目光。

"把你爸爸带上,怎么能算是你刚才说的离婚呀?"我几乎笑得喘不上气。

儿子却没笑,也毫不理会我的问题,他还在求我带上他的爸爸。

我边笑边说:"好吧,好吧! 带上你的爷爷奶奶,带上你的爸爸,咱们一起过!"

儿子这次完全放心了,他说:"妈妈,我喜欢咱们一起过。"

趣点直击

在假设的父母离婚条件中,"儿子"一再对母亲提出自己的要求,先是要求带上奶奶,再是带上爷爷,然后又要带上爸爸。这一切都源于一个纯真的孩子对亲人真挚的爱,对亲情的珍视。噢,要是每个家庭都这么友爱该多好!

悦读优练

一、读一读,给加点字注音,并写一写。

心不在焉(　　)　　表情凝重(　　)　　小心翼翼(　　)　　敷衍(　　)(　　)

二、写出下面词语的反义词。

敷衍——(　　　)　　郑重——(　　　)　　拒绝——(　　　)

放心——(　　　)　　心不在焉——(　　　)　　小心翼翼——(　　　)

三、本文中几次写到"橘子"? 它与故事情节的发展有什么关系?

_____

_____

_____

四、下面的句子中画线的部分各是什么描写？能够看出孩子的什么心理？

1. 又走了几步,他突然像鼓足了勇气似的小心翼翼地问我:"妈妈,你会和爸爸离婚吗？"

_____

2. 他紧紧拉着我的手说:"我当然愿意跟妈妈！"

_____

3. "妈妈,求求你带上他吧！"儿子着急地说。

_____

五、本文的题目引用的是孩子与妈妈的对话,你觉得这个题目好不好？为什么？

_____

_____

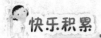 **快乐积累**　　　关·于·儿·童·的·好·词

秀外慧中	天真活泼	柔枝嫩条	璞玉未琢	天然一派	赤子之心
娇憨可爱	面如冠玉	色如春花	童稚未脱	小巧玲珑	活蹦乱跳
杏脸桃腮	两小无猜	初生牛犊	动如脱兔	聪明伶俐	

畅游百科

橘子为什么会"变脸"？

未成熟的橘子是青绿色的,成熟之后就变成了红黄色的,这是因为橘子果实成熟之前果皮细胞中含有较多的叶绿素,但是成熟后叶绿素被破坏,液泡中的花青素颜色显现出现,所以橘子就变红了。

 27　寻人启事

◆张晓风

我坐在餐桌旁修改自己的一篇儿童诗稿,夜渐渐深了。男孩房里的灯仍亮着,他在准备那考不完的试。

我说:"喂,你来,我有一篇诗要给你看！"

他走过来,把诗拿起来,慢慢看完。那首诗是这样写的:

寻 人 启 事

妈妈在客厅贴起一张大红纸

上面写着黑黑的几行字:

兹有小男孩一名不知何时走失

谁把他拾去了啊,仁人君子

他身穿小小的蓝色水手服

他睡觉以前一定要听故事

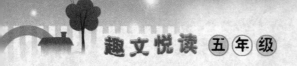
他重得像铅球又快活得像天使
满街去指认金龟车是他的专职
当电扇修理匠是他的大志
他把刚出生的妹妹看了又看露出诡笑：
"妈妈呀，如果你要亲她就只准亲她的牙齿。"
那个小男孩到哪里去了，谁肯给我明示？
听说有位名叫时间的老人把他带了去
却换给我一个比妈妈还高的少年
正坐在那里愁眉苦脸地背历史
那昔日的小男孩啊不知何时走失
谁把他还给我啊，仁人君子。

看完了，他放下，一言不发地回房去了。第二天，我问他：

"你读那首诗怎么不发表一点高见？"

"我读了很难过，所以不想说话……"

我茫然走出他的房间，心中怅然。小男孩已成大男孩，他必须有所忍受，有所承载。我所熟知的一度握在我手里的那一双小手犹如飞鸟，在翩飞中消失了。

仅仅就在不久以前，他不是还牵着妹妹的手，两个人诡秘地站在我的书房门口吗？他们同声用排练好的做作的广告腔说：

好立克大王
张晓风女士
请你出来
为你的儿子女儿冲一杯好立克

这样的把戏玩了又玩，一杯杯香浓的饮料喝了又喝。童年，繁华喧天的岁月，就如此跫音渐远。

有一次，在朋友的墙上看到一句英文格言：

"今天，是你生命余年中的第一日。"

我看了，立即不服气。

"不是的，"我说，"对我来讲，今天，是我有生之年的最后一天。"最后一天，来不及的爱，来不及地飞扬，来不及的期许，来不及的珍惜和低回。

容我好好宠爱我的孩子，在今天，毕竟，在无穷的岁月里，今天，仍是他们今后一生一世里最最幼小的一天啊！

趣点直击

明明儿女都在身边，为什么还要写"寻人启事？"原来，作者寻找的，是那清脆的童音和那清澈的眼神，是孩子成长过程中带给父母的那许多小小的欢乐，是那一去永不回返的童真！父母心中那沉沉的爱呀，来自对孩子生命本身的关切，令人动容，引人共鸣。

第六单元 品味甜蜜亲情

悦读优练

一、给加点字注音。

餐桌(　) 宠爱(　) 诡秘(　) 怅然(　)
跫音(　) 承载(　) 翩飞(　) 喧天(　)

二、写几个含"然"的词语。

1. 不知怎么办才好。(　) 2. 心中充满惆怅。(　)
3. 非常高兴的样子。(　) 4. 非常悠闲的样子。(　)
5. 高耸挺拔的样子。(　) 6. 非常坚决的样子。(　)
7. 非常吃惊的样子。(　) 8. 很大的样子。(　)

三、读下面的句子,揣摩人物的心情,写下来。

1. 看完了,他放下,一言不发地回房去了。

_____

2. 我所熟知的一度握在我手里的那一双小手犹如飞鸟,在翩飞中消失了。

_____

四、"我"为什么要把今天作为有生之年的最后一天?

_____
_____

五、说一说与父母之间发生的一件趣事,简要地写下来。

_____
_____

快乐积累

《可·爱·的·》

——冰心

除了宇宙,
最可爱的只有孩子。
和他说话不必思索,
态度不必矜持。
抬起头来说笑,
低下头去弄水。

任你深思也好,
微讴也好;
驴背山,山门下,
偶一回头望时,
总是活泼泼地,
笑嘻嘻地。

畅游百科

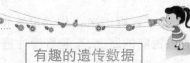

有趣的遗传数据

人类的10种特征与遗传直接相关,它们依次是——

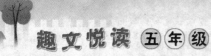

1. 肤色:遗传原则是"相乘后再平均",也就是说如果父母都是黑皮肤,孩子就不可能拥有白皮肤。

2. 下颚:下颚的形状绝对会遗传,尖下颚的爸爸所生的儿子,十个有九个是尖下颚。

3. 双眼皮:最显性的遗传。

4. 身高:子女身高70%来自父母遗传。

5. 肥胖:父母都胖,所生的孩子有53%都是小胖墩。

6. 秃顶:半数以上会遗传,而且还会隔代遗传。

7. 青春痘:父母双方都有,子女肯定逃不了。

8. 少白头:特殊性遗传,比率较低。

9. 声音:男孩遗传很像父亲,女孩遗传则像母亲。

10. 罗圈腿:是可以矫正的遗传,但腿的长度改变不了。

 28 我降生那天的奇迹

① 我拥有爸爸送给我的故事,它是父子之间传承的秘密。

② 小时候,晚上临睡前爸爸时常进来坐在我的床尾,笑着对我说:"儿子,爸爸再给你讲一遍你出生时发生的故事吧!"

③ "那天晚上七点左右,你妈妈感觉快生了。这时间我记得特别清楚,因为新闻节目刚开始。外面正下着可怕的暴风雪,我开着汽车带你妈妈往城里赶,偏偏车子的除雾器坏了,挡风玻璃上一片模糊,我只好把头伸出窗外开了二十英里。天真冷啊,我的脸都冻伤了。我不得已闯了个红灯,被警察拦到路边,要向我开罚单。我着急地催促他,因为我老婆马上就生了!那个警察说:'跟我来!'说完就点亮警灯拉响警笛在前面开路,一直把我们护送到医院,你这才平安降生。孩子,要知道你是在警察的护送下出生的,不是人人都这么神气哦,可见你是多么与众不同!"

④ 听完这个故事我总是非常得意和满足。在少年时代里,每当与爸爸发生争执时,我总会想起他是怎样忍受冻伤的痛苦,把我平安带到这个世界的,于是我的心就会变得温暖起来。小时候,每当瘦骨伶仃的我受到同学欺负时,我就会想起自己是由警察护送着来到这个世界的,而他们都不是。我从中得到了莫大的安慰。爸爸无法赠予我财富和名望来畅通我的人生道路,但他给了我这个故事,一个令我深感慰藉的故事,这是一份多么神奇的礼物啊。

⑤ 只是很遗憾我不能给自己的儿子一份这样的礼物。他出生时一切都按部就班,乏善可陈。唯一有点特别的是,我在医院休息室等待时阅读的一篇文章,讲述的是一个开车坠崖的人如何画刻了一个求救标志,并在昏迷三天之后获救。正看得入神,护士对我说:"你妻子要生了,你出来一下。"我跟着她出去,五分钟以后我儿子出生了。

⑥ 儿子五岁那年,有一天他问我:"爸爸,我是怎么出生的?"我猛然想起我爸爸讲的那个故事,便飞快地在头脑中组织,向儿子娓娓道来:"你的出生非常特别,简直是个奇迹。那天下着鹅毛大雪,在我开车送你妈妈去医院的路上,车轮打滑冲进了山谷。我们跌得鼻青脸肿的,你妈妈被卡在车里动弹不得。我设法爬出车窗,用石头在地上画出了巨大的'SOS'求救符号。很快一架飞机发现了我们,我们得救了!你妈妈被火速送往医院,平安地生下了你。所以,你

看,你是个了不起的孩子呢。"

⑦ 儿子睁大了眼睛,满脸自豪和兴奋的神情,如此戏剧性的人生序幕完全出乎他的意料。

⑧ 我吻了他的额头道晚安,离开时不忘补充一句:"可别跟你妈妈提这场车祸,她想起这事会害怕的。"

⑨ 几周后是我的生日,宴席上我一时兴起,对爸爸说:"讲讲我出生那天的事儿吧,关于警察和暴风雪的。"妈妈诧异地问:"什么警察?什么暴风雪?","我出生那晚顶着暴风雪送你和爸爸去医院的警察啊!记得吗?"妈妈一脸茫然:"那天没下雪呀,而且天气格外暖和。你爸爸磨磨蹭蹭的,直到看完新闻才送我去医院。"

⑩ 我把目光投向桌子那端的爸爸,他微笑着挤挤眼,什么也没说。原来,这只是一个编造的故事而已!没有风雪,没有警察,没有冻伤,更没有飞鸣的警笛和耀目的警灯……

⑪ 然而,它仍是属于我的故事。不管是真是假,我都心怀感激。当我降生在这个世界上时,没有财富、荣耀、强壮的体魄和非凡的容貌,但我拥有爸爸送给我的故事,它是父子之间传承的秘密,一份弥足珍贵的爱的礼物。它提醒着当时身为孩子的我们,在出生的那一天,平凡中的确诞生了奇迹。

趣点直击

善意的谎言能给平凡的人生增添传奇的色彩,让人在心理上感到自豪和振奋。文中的父子俩给儿子虚构的故事,都让儿子感到莫大的安慰和满足。如果生活中多一些这样的"传奇",生活将会平添多少乐趣哟!

悦读优练

一、补充词语。

与众(　　)　　(　　)伶仃　　深感(　　)　　(　　)就班
(　　)可陈　　(　　)道来　　鼻(　　)脸(　　)　　弥足(　　)

二、读文填空：

1. 第①段中的"秘密"指的是＿＿＿＿＿＿＿＿＿＿＿＿＿＿；
2. 第④段中的"礼物"指的是＿＿＿＿＿＿＿＿＿＿＿＿＿＿；
3. 第⑤段中的"遗憾"的原因是＿＿＿＿＿＿＿＿＿＿＿＿＿＿；
4. 第⑦段中"人生序幕"的意思是＿＿＿＿＿＿＿＿＿＿＿＿。

三、"我"听到父亲讲述的故事以及儿子听到"我"的故事后,感受分别是怎样的?分别找出相关的词语写下来。

＿＿＿＿＿＿＿＿＿＿＿＿＿＿＿＿＿＿＿＿＿＿＿＿＿＿＿＿＿＿

＿＿＿＿＿＿＿＿＿＿＿＿＿＿＿＿＿＿＿＿＿＿＿＿＿＿＿＿＿＿

四、为什么说爸爸送给"我"的故事是"一份弥足珍贵的爱的礼物"?

＿＿＿＿＿＿＿＿＿＿＿＿＿＿＿＿＿＿＿＿＿＿＿＿＿＿＿＿＿＿

＿＿＿＿＿＿＿＿＿＿＿＿＿＿＿＿＿＿＿＿＿＿＿＿＿＿＿＿＿＿

五、本文中有哪些前后照应的句子？找一找，写一写。

_____

_____

六、问问爸爸妈妈，写一写自己诞生那天的情形。

_____

_____

 快乐积累 ·描·写·人·物·外·貌·的·词·语·

眉清目秀	容光焕发	美如冠玉	出水芙蓉	冰肌玉骨	冰清玉洁	明眸皓齿
闭月羞花	沉鱼落雁	道貌岸然	秀色可餐	国色天香	粉白黛黑	婀娜多姿
衣冠楚楚	亭亭玉立	鹤发童颜	鹤发鸡皮	短小精悍	面黄肌瘦	面如土色
面红耳赤	面有菜色	蓬头垢面	蓬头历齿	钢筋铁骨	脑满肠肥	骨瘦如柴
大腹便便	仪表堂堂	玉树临风	神采奕奕	膀大腰圆	凶神恶煞	慈眉善目

 畅游百科

雪花为什么会有美丽的形状？

雪花是一种美丽的结晶体，单个雪花的大小通常在0.05～4.6毫米之间。重量只有0.2～0.5克。雪花的形状极多，有星状、柱状、片状，等等，但它们的基本形状都是六角形的，所以古人有"草木之花多五出，独雪花六出"的说法。

雪花为什么多呈六角形，花样又如此繁多呢？

雪花是由小冰晶增大变来的，而冰的分子以六角形的为最多，因而形成雪花多是六角形的。雪花形状的多种多样，则与它形成时的水汽条件有密切的关系。

对于六角形片状冰晶来说，由于它面上、边上和角上的弯曲程度不同，相应地具有不同的饱和水汽压，其中角上的饱和水汽压最大，边上次之，平面上最小。在实有水汽压相同的情况下，由于冰晶的面、边、角上的饱和水汽压不同，其凝华增长的情况也不相同。如果云中水汽不太丰富，实有水汽压仅大于平面的饱和水汽压，水汽只在面上凝华，这时形成的是柱状雪花；如果水汽稍多，实有水汽压大于边上的饱和水汽压，水汽在边上和面上都会发生凝华，由于凝华的速度还与弯曲程度有关，弯曲程度大的地方凝华较快，所以在冰晶边上凝华比面上快，这时多形成片状雪花；如果云中水汽非常丰富，实有水汽压大于角上的饱和水汽压，这样在面上、边上、角上都有水汽凝华，但尖角处位置突出，水汽供应最充分，凝华增长得最快，所以多形成枝状或星状雪花。

第七单元 欣赏他人智慧

29 唐家寺的雨伞

民国初,一个商人在外多年苦心经营,终于攒下了大笔财富,准备告老还乡,结束半生的漂泊辛苦,回家与妻儿团聚,置田购房,安度晚年。

当时时局动荡,路上常有劫匪,商人把所有的钱买做玉器,特制一把竹柄油纸伞,将粗大的竹柄关节打通,把珠宝玉器全部放入。商人一身灰布衣衫,一双布底鞋,扮作一个风餐露宿的行路人。身藏万贯家私,却貌似贫寒之士,轻轻松松地上路了。

果然好计谋!行路多日,无人打扰,这天中午就到了唐家寺。这天下着雨,他来到了一个小面馆,煮了一碗面,面香喷喷的,吃饱之后,倦意涌了上来,外面又下着小雨,他不觉双手撑腮,打了一个盹。

一阵清凉的风吹醒了商人,天已黑了,揉揉眼,猛然发现油纸伞已不见踪迹,一阵冷汗冒了出来——这把伞可是他的身家性命。

但商人沉着冷静,他不露声色,仔细分析:手里的小包袱完好无损,并没有人专门行窃,一定是有人只顾自己方便,顺手牵羊取走了雨伞。

沉吟片刻,商人有了主意。他叫来掌柜的,说自己身无它技,唯会修伞而已,就请掌柜的帮忙在交通要道上租了个小房子。

他待人和气,心灵手巧,很有人缘,人们都愿把伞给他修理。谁也不知道这个小小手艺人其实是腰缠万贯的富商,谁也不知道他每天谦和的笑脸掩藏着一颗紧张焦灼的心。他每天每时每刻都在等待那把油纸雨伞的出现,经过他的手的伞成千成万,却唯独没有他等待的那一把。

一天,他接了一把破旧的伞,主人漫不经心地说:"太费事就算了,不然一把破伞值不了几个钱,反倒要花不少钱去修。"

言者无意,听者有心,自己的那把破伞怕破得不能再修了,商人又想了一个好办法。

第二天,过往的行人看到一条新鲜的广告:油纸雨伞以旧换新。人们纷纷询问,得到肯定答复后,消息立时传开了。不久,来了一个中年人,腋下夹着一把油纸伞,恰是商人心系魂萦的那把。

商人不动声色地收下破雨伞,犀利的眼光一扫,看到柄封处完好无缺。

他转身在店里挑了一把最好的雨伞,徐徐关了店门。

打开伞柄,商人看到了他的全部玉器,他瘫坐在地上,半日无语。第二天,很晚没开门,一问,已是人去屋空,悄悄地来,悄悄地走了。再以后,这个故事流传开来,当地人恍然大悟,赞叹着商人的沉着、冷静、睿智和大气。

趣点直击

　　这位聪明的商人,将多年的积蓄封入伞柄欲带回家乡,不料路途遗失。正当读者为他扼腕叹息时,他却沉着冷静地做起了修伞人,最终使宝物失而复得。多么曲折动人的情节,让人忧愁、让人欢喜! 多么睿智的商人,让人由衷佩服,深受启发。

悦读优练

一、给加点字注音。

攒下(　　)　　漂泊(　　)(　　)　　劫匪(　　)　　打扰(　　)
貌似(　　)　　香喷喷(　　)(　　)　　踪迹(　　)　　焦灼(　　)

二、说说下面句中加点词的不同含义。

1. 关节
① (商人)将粗大的竹柄关节打通,把珠宝玉器全部放入。　　　　　　　　　(　　　　　　)
② 天一凉,爷爷的关节炎又犯了。　　　　　　　　　　　　　　　　　　　(　　　　　　)

2. 方便
① 一定是有人只顾自己方便,顺手牵羊取走了雨伞。　　　　　　　　　　　(　　　　　　)
② 他去厕所方便了。　　　　　　　　　　　　　　　　　　　　　　　　　(　　　　　　)

3. 半生
① (商人)结束半生的漂泊辛苦,回家与妻儿团聚。　　　　　　　　　　　　(　　　　　　)
② 妈妈今天煮的饭半生不熟的。　　　　　　　　　　　　　　　　　　　　(　　　　　　)

三、你从下面的描写中读出了商人的什么心情?

1. 身藏万贯家私,却貌似贫寒之士,轻轻松松地上路了。
_____

2. 一阵清凉的风吹醒了商人,天已黑了,揉揉眼,猛然发现油纸伞已不见踪迹,一阵冷汗冒了出来——这把伞可是他的身家性命。
_____

3. 他每天每时每刻都在等待那把油纸雨伞的出现,经过他的手的伞成千成万,却唯独没有他等待的那一把。
_____

4. 打开伞柄,商人看到了他的全部玉器,他瘫坐在地上,半日无语。
_____

四、商人最终是用了什么妙法让他的宝伞失而复得的?
_____

五、用自己的话夸一夸这位冷静、睿智的商人吧!
_____

快乐积累 ········· ·历·史·故·事·成·语·及·主·要·人·物·

完璧归赵(蔺相如)　围魏救赵(孙膑)　退避三舍(重耳)　毛遂自荐(毛遂)
负荆请罪(廉颇)　纸上谈兵(赵括)　一鼓作气(曹刿)　千金买骨(郭隗)
讳疾忌医(蔡桓公)　卧薪尝胆(勾践)　杀妻求将(吴起)　惊弓之鸟(更羸)
一字千金(吕不韦)　指鹿为马(赵高)　焚书坑儒(秦始皇)　图穷匕见(荆轲)
一饭千金(韩信)　四面楚歌(项羽)　手不释卷(刘秀)　金屋藏娇(刘彻)
暗度陈仓(韩信)　十面埋伏(项羽)

畅游百科

金刚石有哪些特性？

金刚石自古就是最名贵的宝石，以透明无瑕疵、无色或微蓝为上品。其加工成品称为钻石。

金刚石无色、透明或微带蓝、黄、褐、灰、黑等色。灰或黑色的圆粒金刚石称为黑金刚石。有些金刚石可通过人工方法使之改变标准金刚光泽折射率高达 2.40～2.48。其强色散性。在 X 射线照射下发蓝绿色荧光，这一特性被用于选矿或做装饰品。

质量最好的金刚石比重可达 3.53，而黑金刚石仅为 3.15。摩斯硬度 10，是已知物质中硬度最高的，因此金刚石常用于切割其他硬度高的物体，俗话说"没有金刚钻不揽瓷器活"说的就是它的这一特性。

30　宴会上的洗手水

温莎公爵除了不爱江山爱美人的大传奇外，还有许多鲜为人知的小故事。

有一次，英国王室为了招待印度当地居民的首领，在伦敦举行晚宴，其时还是"皇太子"的温莎公爵主持这次宴会。

宴会中，达官贵人们觥筹交错，相与甚欢，气氛融洽。可就在宴会结束时，出了这么一件事。侍者为每一位客人端来了洗手盘，印度客人们看到那精巧的银制器皿里盛着亮晶晶的水，以为是喝的水呢，就都端起来一饮而尽。作陪的英国贵族们目瞪口呆，不知如何是好，大家纷纷把目光投向主持人。

温莎公爵神色自若，一边与客人谈笑风生，一边也端起自己面前的洗手水，像客人那样"自然而得体"地一饮而尽。接着，大家也纷纷效仿，本来要造成的难堪与尴尬顷刻释然，宴会取得了预期的成功，当然也就使英国国家的利益得到了进一步保障。

趣点直击

在盛大的宴会上，不谙习俗的客人竟把洗手水当做可喝的水一饮而尽了，这是多么难堪与尴尬的事啊，可是外交本领高超的温莎公爵却用同饮一盆水的方法巧妙地化解了，让人在莞尔一笑的同时对温莎公爵由衷地佩服。

悦读优练

一、多音字注音组词。

传{＿＿＿（　　）　　鲜{＿＿＿（　　）　　待{＿＿＿（　　）　　喝{＿＿＿（　　）
　{＿＿＿（　　）　　　{＿＿＿（　　）　　　{＿＿＿（　　）　　　{＿＿＿（　　）

二、根据意思写词语。

1. 不被大家所知道和了解。　　　　　　　　　　　　　　　（　　　　　）

2. 瞪着眼睛，张着嘴巴，形容十分吃惊的样子。　　　　　（　　　　　）

3. 神情自然，好像什么事情也没发生一样。　　　　　　　（　　　　　）

三、读句子，仿写句子，并用上加点词。

1. 温莎公爵除了不爱江山爱美人的大传奇外，还有许多鲜为人知的小故事。

＿＿＿＿＿＿＿＿＿＿＿＿＿＿＿＿＿＿＿＿＿＿＿＿＿＿＿＿＿＿＿＿＿＿＿＿＿

2. 温莎公爵神色自若，一边与客人谈笑风生，一边也端起自己面前的洗手水，像客人那样"自然而得体"地一饮而尽。

＿＿＿＿＿＿＿＿＿＿＿＿＿＿＿＿＿＿＿＿＿＿＿＿＿＿＿＿＿＿＿＿＿＿＿＿＿

四、说说文中两处引号的作用。

1. "皇太子"：＿＿＿＿＿＿＿＿＿＿＿＿＿＿＿＿＿＿＿＿＿＿＿＿＿＿＿

2. "自然而得体"：＿＿＿＿＿＿＿＿＿＿＿＿＿＿＿＿＿＿＿＿＿＿＿

五、客人们饮了洗手水后，英国贵族们的表现与温莎公爵的表现有什么不同？这样对比着写的目的是什么？

＿＿＿＿＿＿＿＿＿＿＿＿＿＿＿＿＿＿＿＿＿＿＿＿＿＿＿＿＿＿＿＿＿＿＿＿＿

＿＿＿＿＿＿＿＿＿＿＿＿＿＿＿＿＿＿＿＿＿＿＿＿＿＿＿＿＿＿＿＿＿＿＿＿＿

＿＿＿＿＿＿＿＿＿＿＿＿＿＿＿＿＿＿＿＿＿＿＿＿＿＿＿＿＿＿＿＿＿＿＿＿＿

六、你觉得怎样才能让客人们一开始就明白端来的是洗手水？说说你的办法。

＿＿＿＿＿＿＿＿＿＿＿＿＿＿＿＿＿＿＿＿＿＿＿＿＿＿＿＿＿＿＿＿＿＿＿＿＿

＿＿＿＿＿＿＿＿＿＿＿＿＿＿＿＿＿＿＿＿＿＿＿＿＿＿＿＿＿＿＿＿＿＿＿＿＿

＿＿＿＿＿＿＿＿＿＿＿＿＿＿＿＿＿＿＿＿＿＿＿＿＿＿＿＿＿＿＿＿＿＿＿＿＿

快乐积累　·描·写·场·面·热·闹·的·好·词·

笑语喧哗	熙熙攘攘	欢呼雀跃	摩肩接踵	欢声雷动	人头攒动	熙来攘往
锣鼓喧天	鼓足齐鸣	人山人海	高朋满座	络绎不绝	门庭若市	热闹非凡
水泄不通	三五成群	喜气洋洋	美酒飘香	火树银花	喜气盈庭	宾来客往
川流不息	觥筹交错					

银器真能验毒吗？

早在宋代著名法医学家宋慈的《洗冤集录》中就有用银针验尸的记载，这也被当时法医检验引为准绳。时至今日，还有些人常用筷子来检验食物中是否有毒，存在着银器能验毒的观念。但古人所指的毒，主要是指剧毒砒霜，即三氧化二砷，古代生产技术落后，致使砒霜里都伴有少量的硫和硫化物，与银器接触，就可起化学作用，使银针的表面产生一层黑色的"硫银"。到了现代，生产砒霜的技术比古代要进步很多，提炼得很纯净，不再伴有硫和硫化物，银的金属化学性质很稳定，在通常的条件下并不与砒霜起反应。但银虽不能验毒，然而却能消毒。每升水中只要含有 5000 万分之一毫克的银离子，便可使水中大部分细菌致死，其机理是：银在水中可形成带正电荷的离子，能吸附水中的细菌，并逐步进入细菌体内，使细菌失去代谢能力而死亡。所以，用银做碗、筷使用于日常生活中仍是大有好处的。

31　鲍叔牙设席戏管仲

◆刘润泽

春秋时期，齐国的管仲和鲍叔牙是要好的朋友，他们都很有才能。有一天，管仲买了条鱼，准备请鲍叔牙品尝。他写了张简短的请帖："翌日正午，半鲁席候驾。"然后命从人送去。

鲍叔牙如约赶到。见席面上仅有一条鱼，就问："吃酒席怎么只有一条鱼？"管仲边斟酒边说："我请帖上写得明白：半鲁席候驾。半鲁，半个'鲁'字，不就仅是一条鱼吗？请，请！"说完，得意地笑了起来。

鲍叔牙回到家，心想："管仲很有才能，如能克服妄自尊大的毛病，日后必成大器。我不妨戏他一戏，煞煞他的傲气。"于是，他也写了张请帖："翌日正午，半鲁席候驾。"管仲接到请帖，忍不住笑道："真是依葫芦画瓢。"

第二天正午，管仲来到鲍叔牙家，只见太阳底下摆了张桌子，桌面上除了一壶酒什么也没有。鲍叔牙请管仲坐上席。正午的太阳炎热似火，晒得管仲汗流如雨。他等着上鱼，可左等右等就是没人送来。管仲实在受不住了，不满地问："为何一菜俱无？既是半鲁之席，也该有一条鱼呀？"

"哈哈！"鲍叔牙大笑，"你请了'上半鲁'，是'鱼'；我请你'下半鲁'，是'日'。你就对着日头好好吃罢。请，请，不必客气。"

管仲听了一愣，随即明白了鲍叔牙的用心。自此以后，管仲变得谦逊了。后来，他终成大器，辅佐齐桓公成就了霸业。

趣点直击

管仲以"半鲁之席"宴请好友鲍叔牙，还付出了一条鱼的代价，而鲍叔牙以"半鲁之席"回请管仲，管仲却只晒得汗流如雨！真让人忍俊不禁呀！鲍叔牙回请管仲的目的是要告诉管仲，世界上的聪明人可不止你一个，你该收敛收敛自己的傲气。鲍叔牙的办法妙在既达到了劝诫的目的，又没有伤害朋友的面子，真是绵里藏针。

 悦读优练

一、解释加点词,并说说下面句子的意思。

1. 翌日正午,半鲁席候驾。

_____

2. 真是依葫芦画瓢。

_____

二、给下面句子加标点。

　　哈哈　鲍叔牙大笑　你请了上半鲁　是鱼　我请你下半鲁　是日　你就对着日头好好吃吧　请　请　不必客气

三、下面句中的问号作用一样吗?

1. 吃酒席怎么只有一条鱼?
2. 半鲁,半个"鲁"字,不就仅是一条鱼吗?
3. 既是半鲁之席,也该有一条鱼呀?

_____

_____

四、同是"半鲁席",管仲的"半鲁席"与鲍叔牙的"半鲁席"有什么不同?

_____

_____

五、"依葫芦画瓢"是一个俗语,你还能写出几个类似的句子吗?

_____

_____

 快乐积累　　含·历·史·故·事·的·歇·后·语

　　包公断案——铁面无私
　　诸葛亮大摆空城计——化险为夷
　　曹操败走华容道——不出所料
　　孙武用兵——以一当十
　　林冲误闯白虎堂——单刀直入
　　诸葛亮借东风——巧用天时
　　司马昭之心——路人皆知
　　周幽王点烽火台——千金一笑
　　曹操下江南——来得凶,败得惨

骇人听闻的食人鱼

食人鱼(Piranha)俗名水虎鱼、食人鲳,是南美洲食肉的淡水鱼。它们通常有15~25厘米长,最长的长度达到40厘米。食人鱼具有尖利的牙齿(能够轻易咬断用钢造的鱼钩或一个人的手指),非常凶猛。它们一旦发现猎物,往往群起而攻之。食人鱼可以在10分钟内将一只活牛吃剩一排白骨。当地人用它们的牙齿来做工具和武器。亚马逊河、圭亚那河等河流是食人鱼经常出没的场所。食人鱼也用来比喻残忍不堪、灭绝人性的人。

32 四条腿的动物

一天,一个大地主把牲口市场上所有的驴、马、牛、骡等四条腿的牲畜全买走了。但他说还不够,还开出了非常高的价格:六个银币!

阿凡提知道大地主是想把这些牲畜都买走,将来耕作的时候,再高价租卖,于是决定惩罚他一下。

阿凡提走到大地主的面前,问他:"阁下,您买这么多的牲畜干什么?"

"我有100万亩耕地,需用很多四条腿的牲畜来耕作。"大地主回答。

"只要四条腿的您都要吗?"阿凡提问。

"要,你有多少我要多少!"大地主回答。

"那好,我有100只四条腿的牲畜,我全部卖给您,可咱们说好不许反悔。"阿凡提说道。

"一言为定。"大地主高兴地说。

阿凡提回去后,用六个银币的价格从乡亲们那儿收购了100只兔子,乡亲们既高兴又奇怪。

当阿凡提带着100只兔子来的时候,大地主一看急了:"阿凡提,这兔子能耕作吗?"

"那么,您说兔子是不是四条腿?"阿凡提问。

"是四条腿。"大地主回答。

"这就对了,刚才您亲口说只要是四条腿的都要,并没有具体说是什么呀?"阿凡提说道。

大地主无言可答,只好买下了阿凡提的100只兔子。阿凡提把钱分给大家,大家都感谢阿凡提。

趣点直击

聪明仗义的阿凡提又一次戏弄了愚蠢贪婪的大地主,看,大地主要的是四条腿的能耕作的牲畜,而阿凡提却为他提来了四条腿的兔子!阿凡提为什么不干脆提100只四条腿的老鼠来呢?那就更解恨了。哈哈!

一、看词语写拼音。

（　　）（　　）（　　）（　　）（　　）
　牲畜　　惩罚　　银币　　耕作　　收购

二、给下面词语写反义词。

　惩罚——（　　　）　具体——（　　　）　一言为定——（　　　）

三、下面各句中的"这"分别指代什么？

　1.阿凡提走到大地主的面前,问他:阁下,您买这么多的牲畜干什么?　　　　（　　　）

　2.当阿凡提带着100只兔子来的时候,大地主一看急了:"阿凡提,这兔子能耕作吗?"　（　　　）

　3."这就对了,刚才您亲口说只要是四条腿的都要,并没有具体说是什么呀?"阿凡提说道。

　　　　　　　　　　　　　　　　　　　　　　　　　　　　　　　　　（　　　）

四、阿凡提为什么要惩罚大地主呢？

　_____

　_____

五、你觉得大地主的话哪里有毛病？应该怎么说？

　_____

　_____

六、说一说阿凡提的其他故事,选一则写下来。

　_____

　_____

快乐积累　　　　·描·写·动·物·的·好·句·

　　翠鸟头上的羽毛像橄榄色的头巾,绣满了翠绿色的花纹,背上的羽毛像浅绿色的春装,腹部的羽毛像赤褐色的衬衫。

　　天鹅那白瓷一般光滑的羽毛,没有一丝杂质,就好像一团浓墨泼上去,也会整个儿滚落下来,沾不上一星半点。一对雪白的天鹅,像两朵硕大的白莲似的浮在水面上。

　　这林子里的鸟什么颜色都有,什么声调都有。你听,高音的、中音的、粗嗓的、细嗓的,简直是各种流派的、各种声调的歌唱家,在这里举行着歌唱大比赛。

　　孔雀那小巧的头上像插着几朵翡翠花,展开的彩屏像一把巨大的羽毛扇,一个个黑环,黑、绿、黄相间,像是无数只大眼睛。

　　刹那间,"千里雪"平稳地腾到空中,简直像滑翔一般地飞过了深沟,轻轻地落在对岸,继续前奔。

　　小毛驴是那样惹人喜爱,黑眼珠滴溜溜乱转,撒起欢儿来像一只小鹿。

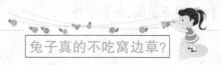

兔子真的不吃窝边草？

表层意思是兔子不吃自己窝旁的草，有自我保护的意思在里边，还有"早晚是自己的"一种坦然。实际上，兔子出了窝就吃，它才不管窝边不窝边呢。但是，人们引用这句俗话，是取它"与邻为善"的引申意。告诫人们，别在家门口上做不应该做的坏事。

33　本领高强的小偷

◆赫贝尔　著　　胡国伟　译

从前，在德国的一个小镇上住着弗利达和海奈兄弟俩。

他们的父亲偷东西的本领很是高强。兄弟俩人商量着如何才能让爸爸洗手不干这类坏事。

"喂，海奈，我们和爸爸打个赌怎么样？"（　　）

"打赌？打什么赌？"（　　）

"如果我们能三次偷到爸爸的东西，就叫他别偷人家的东西。"（　　）

"好主意，就这么办。"（　　）

办法想好后，两个人就把这事向爸爸说了。因为他俩起劲得很，父亲就接受了他们的条件。

"那好啊，你们能够拿到鸡生下的蛋而又不让母鸡发现吗？"父亲很自信地说。

可想不到海奈一下就成功了。他在鸡窝底部开了个洞，鸡蛋从洞里掉了出来。

"好吧，你们去牵走拴着铃铛的山羊。"（　　）

父亲说完，骑到了驴背上，身后用绳子牵着一只系了铃铛的山羊。他心中暗笑：这一下，他们没法把羊牵走了吧。

"好，我去！"

说这话的是弗利达。

弗利达悄悄地走近爸爸，摘下铃铛，再把它系到驴子尾巴上，然后割断了牵山羊的绳子。他牵走了山羊，却没有发出声响。

"这两个鬼儿子！"

父亲发现后，心里挺懊恼。他想，再输一次，就不能偷东西了。

父亲晚上连觉也不睡，考虑着下一次的比赛。最后，他终于想到了一个好主意。

"我要你们在我睡觉时拿走床上的被单！"

父亲神气活现地说，他相信这一次他不会输了。

"这件事，两个人不合作，就成功不了。"

两个人悄悄地做起了准备工作。

晚上到了。

手拿稻草人的海奈躲在窗边，弗利达则躲在门旁。

"开始啦……"

海奈开始把稻草人在窗口伸上伸下。

那是什么？父亲感到奇怪，便下了床，去看窗外。

"机会来了！"

弗利达迅速蹿了过去。

"糟了！"

父亲发现的时候，床单已经到了弗利达手中了。

"赢，赢！"两个孩子高兴极了。

这样，父亲三次都输给了孩子。

"哼，我竟输给了小孩子，不干了，不干了！"

父亲说完，就按自己答应的那样，不再去偷东西了。

他和孩子们一起，每天去种地，辛勤地干活。

父亲和两个儿子，谁是本领更加高强的小偷呢？世上一般都是父亲教训儿子，而本文则是儿子教育父亲，让父亲改掉了恶习，踏实干活。他们想出的这个办法不仅有趣，而且有效。两个儿子真聪明，那位父亲也真守信用！

一、比一比，组词。

弗（　　） 输（　　） 赌（　　） 虑（　　） 懊（　　）

费（　　） 偷（　　） 堵（　　） 虚（　　） 澳（　　）

二、给文中画（　　　）的地方填上说话人。

三、缩写句子。

1. 在德国的一个小镇上住着弗利达和海奈兄弟俩。

_____

2. 手拿稻草人的海奈躲在窗边。

_____

3. 他们的父亲偷东西的本领很是高强。

_____

四、为了让父亲戒偷，兄弟俩和父亲斗智斗勇，经过了哪几个回合？

_____

_____

_____

五、事情的结果怎么样？

_____

_____

六、你喜欢这小哥俩儿吗？为什么？

_____

_____

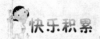 快乐积累 ········ 含·近·义·词·的·成·语

胡言乱语	高瞻远瞩	高谈阔论	志同道合	豪言壮语	欢天喜地
改朝换代	旁敲侧击	鸡鸣狗吠	龙争虎斗	冰天雪地	见多识广
察言观色	左顾右盼	调兵遣将	粉身碎骨	狂风暴雨	千辛万苦
眼疾手快	生龙活虎	惊天动地	七拼八凑	道听途说	半斤八两
千变万化	万紫千红	姹紫嫣红			

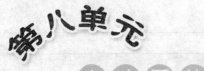

第八单元
奏响爱的乐章

34 我们都愿意爱他

走川藏路的时候,我曾路过丹巴境内一个不知名的村落,在连接那个村落的碎石公路旁,有一家叫"散客之家"的客栈,我在那里度过了一个晚上。

客栈的老板就是村里人,远远的,他就微笑着迎上来,帮我卸下肩上的背包,那一脸藏民特有的憨实笑容,让他并不似一个做生意的人,袭面而来的却是久识至交的温暖气息,仿佛我是一个特来赴宴的老友,或是远归故乡的游子。

坐下来后,我知道了他的名字,叫"尼玛次仁",一个藏民中很普通的名字,人也如其名,平凡、谦逊、热情,和任何一个藏民没有两样。

在安排好住宿之后,尼玛请我到大厅里烤火,他家有个漂亮的小孩子在不停地闹,像只小鸟一下扑到这个人的怀里,一下又扑到另一个人的怀里,每扑到一处便引得笑声一阵,扑来扑去,把笑声连成了圈。在他又一次扑到我怀里的时候,我一把抱住了他,随口问他一声:"你阿爸呢?"

他有些茫然地转头望着尼玛,然后一下子从我怀里跳了下去,带着重获自由的笑声走了开去。这时,尼玛对我说:"这孩子的爸妈四年前就去世了,修公路时翻了车。这些年是我一直带着他。"

我有些惊讶,很直白地说:"这么可怜的孩子啊,我还以为是你的孙子呢……"

"不,他不是我的家人,也并不是我的亲戚,是村里开大会交给我带的,现在就是一家人了。"

我疑惑起来,继续问:"你们这里领养一个小孩子,还要开大会啊?"

尼玛笑着说:"是啊,这么一个小孩子,这么小就没了父母,以后的生活问题就是很严肃的,而大家都很想领养他。所以得开会决定让他跟着谁。"

"他没有亲戚了吗?亲戚应该带他才是啊!"

"是这样的,大家都很同情他、喜欢他,都想领养他,包括他的亲戚。但他的亲戚家中都很穷,家中子女也多,怕养不好他;而我这几年因为这个小客栈挣了点钱,所以大家就将他让给我了。"

"难道他愿意不跟亲戚而跟你吗?"

"有什么不愿意的呢?大家都一样这么爱他,大家都为着他好,跟谁不也一样亲吗?"

我猛然无语,因为这里的人情温暖已经让我有了一种身在梦幻的迷惑、惊诧与错愕。我终于明白这样一个可怜的孤儿,为什么还会那么欣欣地投身于每一个人的怀抱,而将所有的笑声

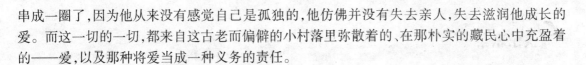

串成一圈了,因为他从来没有感觉自己是孤独的,他仿佛并没有失去亲人,失去滋润他成长的爱。而这一切的一切,都来自这古老而偏僻的小村落里弥散着的、在那朴实的藏民心中充盈着的——爱,以及那种将爱当成一种义务的责任。

趣点直击

看着这个漂亮的小鸟一样欢欣的小男孩,恐怕谁也想不到他是一个孤儿吧? 因为他生活在浓浓的爱中,每个人都把他当做了亲人。阅读本文,真让人觉得来自淳朴藏民心中那温暖的人情如春风扑面,如美酒醉人!

悦读优练

一、给加点字注音。

川藏(　　) 　　客栈(　　) 　　憨实(　　) 　　挣钱(　　)

弥散(　　) 　　错愕(　　) 　　迷惑(　　) 　　惊讶(　　)

二、写反义词。

温暖——(　　　) 　　直白——(　　　)

严肃——(　　　) 　　欢欣——(　　　)

三、改反问句为肯定的陈述句。

有什么不愿意的呢? 大家都一样这么爱他,大家都为着他好,跟谁不也一样亲吗?

_____

_____

四、文中的哪些词写出了作者知道小男孩的遭遇后的感情变化? 找一找,写下来。

_____

_____

五、文中哪些句子写出了淳朴的藏民带给"我"的温暖感受? 又是怎样描写小孩子的"欢欣"的? 抄下来,读一读。

_____

_____

六、假如文中的小男孩长大以后知道了自己的身世,他会对尼玛次仁、对爱他的人们说什么呢? 想一想,写一写。

_____

_____

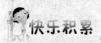

快乐积累　关·于·善·待·他·人·的·警·句

己所不欲，勿施于人。

失误人皆有之，宽容乃金无足赤，人无完人。

人在高潮的时候享受成就，在低潮的时候享受人生。

尊重不被尊重的人，因为他们和我们没多大不同。

朋友是知道你的缺点并能接受你的缺点的人。

成功不是靠个人而是靠团队。

改变别人最好的方法是先改变自己。

学会将心思和精力投入到帮助他人之中，让自己剩余的精力再去思考自己的烦恼和不幸。

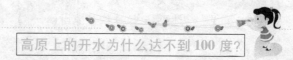

高原上的开水为什么达不到 100 度？

高原由于海拔高、大气稀薄，所以气压很低，而液体的沸点是跟气压人关系的，气压越低沸点越低，由于高原气压低，水没有达到 100 度就沸腾了，所以水就难以达到我们通常意义上的烧开。

35 八岁的圣诞老人

◆马丁·布朗

我还记得和祖父度过的第一个圣诞。那时我还是个孩子，我骑着自行车风驰电掣般穿过城镇，去找我的祖母。因为我的姐姐对我说："根本就没有圣诞老人。"这句话对我而言无异于晴天霹雳。

我祖母是个痛快人，从不会说谎。那天我飞奔到她那儿是因为我知道她会告诉我真相。她总是实话实说，特别是吃上她举世闻名的桂皮面包，实话会更为中听。

祖母在家，面包还冒着热气，我一边大口大口嚼着面包，一边把事情一五一十地告诉她。"没有圣诞老人？"祖母嗤之以鼻，"胡说八道！别相信那个。这谣言已经流传了好多年了，都快把我逼疯了。现在穿上你的大衣，我们走。"

"走？去哪儿？奶奶"我问。"我的第二块桂皮面包还没有吃完呢。"

"哪儿"原来是克比百货店，这是镇上唯一一家百货商店。我们走进商店大门，祖母递给我 10 美元。在那时这可是一大笔钱哪！"拿着这钱，给需要的人买点东西，我在汽车里等你。"说完她转身走出了克比百货店。

我只有八岁，常和母亲一起购物。但自己做主买东西还是第一次，商店里满是圣诞购物的人流。好一会儿，我只是呆呆地站在那儿，手里拿着 10 美元，绞尽脑汁地想买什么东西，给谁买。我把我认识的人一一想了个遍:我的家人、朋友、学校里的伙伴,还有一起去教堂的人。当我突然想到波比·德克尔的时候,我有了主意,他是一个有口臭、头发蓬乱的孩子。在波拉克夫人的二年级班上,他坐在我的正后方,波比·德克尔从不在冬天课间出外运动。她母亲总是带口信给老师说他感冒了。但所有的孩子都知道他没有感冒,他只是没有大衣。我手里捏着10美元,渐渐地激动起来,我要给波比·德克尔买一件大衣,我选中了一件红色灯芯绒带风帽的。它看起来够暖和,他会喜欢的。

"是给谁的圣诞礼物呢?"我把10美元放在柜台上,柜台后的售货员和蔼地问。

"波比,"我腼腆地答道,"是给波比的。"

那个漂亮的售货员冲我笑笑,把大衣包好,然后祝我圣诞快乐。

那天晚上,祖母帮我把大衣用玻璃纸和彩带包好,然后在上面写上"给波比。圣诞老人",祖母说圣诞老人总是要保密的,然后她开车带我去波比家,她解释说这样做以后我就成为圣诞老人的正式助手了。

祖母把车停在波比家旁边的街上,她和我悄无声息地潜伏到波比家旁的灌木丛中藏好。祖母推了我一把:"好了,圣诞老人,"她低声说,"去吧。"

我深吸了一口气,冲到波比家的前门,把礼物放在台阶上,按响了门铃,然后飞快地跑回灌木丛中,和祖母待在一起。我们在黑暗中屏息等待着……门打开了,波比站在那儿。

时光已经过去40年了,但当时和祖母一起守在波比家门前灌木丛中的激动和兴奋丝毫没有褪色。那天晚上我认识到,那些关于没有圣诞老人的可恶的谣言就像祖母说的一样,是"胡说八道",圣诞老人不仅活着,而且活得很好。我们都是他的助手。

童话故事中那个白胡子的圣诞老人,至少也有一百岁了吧? 哪里有八岁的圣诞老人呢? 真好笑! 当姐姐告诉"我"根本没有圣诞老人的时候,"我"如遭晴天霹雳,可是,慈祥的祖母却真的让"我"当了一回圣诞老人,将爱心送给需要的人,从而也让"我"明白了圣诞老人存在的意义。

一、给下面的句子加标点。

1. 因为我的姐姐对我说　　根本就没有圣诞老人

2. 那个漂亮的售货员冲我笑笑　　把大衣包好　　然后祝我圣诞快乐

3. 祖母推了我一把　　好了　　圣诞老人　　她低声说　　去吧

二、补充词语

风(　　)电(　　)　晴天(　　)(　　)　(　　)(　　)闻名　(　　)五(　　)十

嗤之(　　)(　　)　(　　)说(　　)道　绞尽(　　)(　　)　(　　)(　　)声息

三、下面的描写各是什么描写? 分别表现了"我"的什么心情?

1. 我一边大口大口嚼着面包,一边把事情一五一十地告诉她。

_____

2. "波比,"我腼腆地答道,"是给波比的。"

_____

3. 我深吸了一口气,冲到波比家的前门,把礼物放在台阶上,按响了门铃,然后飞快地跑回灌木丛中,和祖母待在一起。

四、"圣诞老人不仅活着,而且活得很好。我们都是他的助手。"你是怎样理解这句话的?

_____

_____

_____

五、你知道下面的节日分别是几月几日吗?

端午节　中秋节　青年节　儿童节　春节

_____

_____

_____

 **快乐积累**

　　最妙的是下点小雪呀。看吧,山上的矮松越发的青黑,树尖上顶着一髻儿白花,好像日本看护妇。山尖全白了,给蓝天镶上一道银边。山坡上,有的地方雪厚点,有的地方草色还露着;这样,一道儿白,一道儿暗黄,给山们穿上一件带水纹的花衣;看着看着,这件花衣好像被风儿吹动,叫你希望看见一点更美的山的肌肤。等到快日落的时候,微黄的阳光斜射在山腰上,那点薄雪好像忽然害羞,微微露出点粉色。就是下小雪吧,济南是受不住大雪的,那些小山太秀气。

——老舍《济南的冬天》

 **畅游百科**

地球上最热和最冷的地方

　　全球变暖已是不争的事实。据瑞士科学家统计披露,全世界每年热死的人是冻死的人的100倍。那么,全球什么地方最热,什么地方最冷呢?

　　根据世界著名的物理学家伦敦大学教授迈克尔·利的研究结果,地球上已知最热的地方是利比亚的EIAzizia,历史记录上的最高温度是1992年9月,当地达到了57.78摄氏度;而地球上最冷的地方则在南极洲的俄罗斯东方站,1989年1月此地的温度降至零下89.22度,不仅冻裂了铲雪的铁锹,就连科考专家从水壶中倒出的热水,在落地之前就已经结成了冰了。

我要画什么

◆ 瞿琮

五个一年级的小学生坐在公园的草地上。三个男孩,两个女孩,沐浴着初冬温暖和煦的阳光。

他们在一起看了一本十分有趣的连环画《神笔马良》。讲的是一个叫做马良的孩子,得到了一支神笔。他画什么,什么就变成真的了。他画的公鸡,会啼叫;画的犁头,能耕地……多带劲儿啊!

"要是我也有一支神笔,就好了!"鬈发的小曼说。

"不可能。"戴着近视眼镜的周明,俨然像一个大人,他的父亲是省里出版社的编辑。他说:"那是神话!"

"假如嘛……"翘鼻子沉沉说。

"对。假如有一支神笔,画什么呢?"刚剪了个运动头、男孩似的张小丽眨巴着一对大眼睛。

"只准画一次。行不?"王斌做出了一个握笔的姿势,非常认真地提议说。

小朋友都沉思了一会儿,又抢着说了起来。

"我要画一张崭新的办公桌。上次我去交作业,看见吴老师的桌子当中,裂了一个大口子……"这是小曼的声音。

"听我说,我要给我们小足球队画一个大球场。像世界杯赛那样的。"沉沉没听完小曼的话,就抢着说道。

"我呀,"周明慢条斯理地说:"要画一个凉篷,给大街上的民警叔叔遮风挡雨。"

"我什么都不画,就给妈妈画一台全自动洗衣机。她太辛苦了……"王斌说话像打机关枪。

轮到张小丽说了。

"我……"她欲言又止。

"说呀,你!"大家着急地催她。

"我要画好多、好多双眼睛……"张小丽深情地接着说下去:"送给我爸爸、妈妈的工友们。"

小同学们静了下来,都在想,假如真有一支神笔,又只能画一次,一定先让小丽画。因为,大家都知道,她的爸爸、妈妈在街拐角的工厂做工……那里,是市里办的盲人工厂。

趣点直击

假如你有一支神笔,你会画什么?美味的食物?有趣的玩具?瞧,我们文中的小朋友,他们要画的东西可真特别哟,不仅特别,而且洋溢着浓浓的爱心呢!他们的想象是否对你有所启发呢?

悦读优练

一、补充词语。

温煦的(　　)　崭新的(　　)　慢条斯理地(　　)

有趣的(　　)　认真地(　　)　着急地(　　　　)

二、缩写句子。

1. 他们在一起看了一本十分有趣的连环画《神笔马良》。

_____

2. 他的父亲是省里出版社的编辑。

_____

3. 我要画一张崭新的办公桌。

_____

三、说说下面句中省略号的作用。

　　a. 表示省略　　b. 表示话未说完　　c. 表示思索　　d. 表示话题转换

1. 他画的公鸡,会啼叫;画的犁头,能耕地……多带劲儿啊!(　　)
2. "假如嘛……"翘鼻子沉沉说。(　　)
3. "我……"她欲言又止。(　　)
4. 大家都知道,她的爸爸、妈妈在街拐角的工厂做工……那里,是市里办的盲人工厂。

(　　)

四、文中的小朋友有哪些美好的心愿呢?

_____

_____

五、想想看,大家听了张小丽的话会怎么说? 写一写。

_____

六、假如你也有一支神笔,你会画什么?

_____

_____

快乐积累　·描·写·太·阳·的·词·语·

红日欲出	红日未出	红日初升	红日喷薄	旭日初升	旭日东升	旭日临窗
日出东山	日出三竿	日上三竿	日高三丈	喷薄欲出	喷薄而出	日头正顶
骄阳满天	艳阳当空	秋阳明丽	秋阳明媚	秋阳高照	残阳似血	红日西沉
日近黄昏	日头西落	日头偏西	日影西斜	日傍西山	日薄西山	日落西山
日出日落	金乌西坠	落日熔金	落日余晖	一抹夕阳	一缕夕阳	阳光普照
阳光和煦	阳光明媚	阳光灿烂	波光粼粼	阳光暴热	阳光西斜	阳光暗淡
阳光直射	日光斜射	朝晖满地	金色阳光	金光耀目	金光万道	金光万丈
光芒四射	光芒万丈	万道金光	霞光万道	晚霞夕照	放射光芒	

第八单元　奏响爱的乐章

 畅游百科

为什么有的人辨不出颜色？

蓝色的天空挂着火红的太阳，绿色的原野点缀着五彩缤纷的鲜花……人类生活的环境是一副绚丽多彩的天然画面。但有人对画面中的鲜艳颜色感到暗淡，甚至在他一生中所看到的世界是灰颜色的，这种人就是色盲患者。

所谓色盲，也就是辨色能力的丧失。根据三原色学说，丧失红色辨色力，为红色盲；丧失绿色辨色力，为绿色盲；三种颜色都不能辨认者，为全色盲。在色盲患者中，红、绿色盲多见，蓝色盲少见，全色盲极少见。有人虽然能辨别所有的颜色，但辨认的能力迟钝。面对差别较小的颜色，往往犹豫不决，经过反复考虑，才能辨认出来。这种人是色弱。色盲是缺乏辨认颜色的能力，色弱是辨别颜色的能力减低。

全色盲患者不能辨认任何颜色，他所看到的一切是深浅不一的灰色世界。红、绿色盲从他的生活经验中似乎也可能表现出辨色能力，但他对颜色的理解和正常人不一样，如果用特别的色盲图检查，就会暴露出色盲的本质。

37　麦琪和她的天才班

◆琳达·凯夫林

麦琪是学期中间被调到这个公立学校的，而且一开始校长就要她当4年级B班的班主任。麦琪听说前任班主任半途辞职了，但校长没有告诉她为什么，他只是说这个班级的学生都很"特别"。

第一天走进教室，麦琪先被吓了一跳：横飞的纸团、架在桌子上的脚、震耳欲聋的吵闹声……整个教室活像混乱的战场。麦琪翻开讲台上的点名册，20个学生的名字呈现在眼前。点名册上还记录着每个学生的IQ（智商）分数：140、141、160……在美国，学生入小学都要测试智商，按智商分快慢班。正常人的智商在130左右。麦琪恍然大悟，噢！怪不得他们这么有精神头，原来小家伙们个个都是天才！麦琪微笑着请大家安静下来，为能接手这么高素质的班级而暗自庆幸。

刚开始，麦琪发现很多学生不交作业，即使交上来的也是潦草不堪、错误百出。麦琪找孩子们单独谈话。"凭你的高智商，没有理由不取得一流的成绩，你要把潜力发掘出来。"她对每个学生这样说。

整个学期里，麦琪不断提醒同学们，不要浪费他们的聪明才智和特殊天赋。渐渐地，孩子们变得勤奋好学，他们的作业准确而富有创造力。

学期结束时，校长把麦琪请到办公室。"你对这些孩子施了什么魔法？"他激动地问，"他们统考的成绩竟然比普通班的学生还好！"

"那很自然啊！他们的智商本来就比普通班学生要高呀！您不是也说他们很特殊吗？"麦琪不解地问。

"我当时说B班学生特殊，是因为他们有的患情绪紊乱症，有的智商低下，需要特殊照顾。"

"那他们的 IQ 分数为什么这么高?"麦琪从文件夹里翻出点名册,递给校长。

"哦,你搞错了,这一栏是他们在体育场储物箱的号码。很遗憾,麦琪老师,你的学生并不是天才。"原来这个学校的点名册,在一般学校标智商分数的地方,注的是储物箱号码。

麦琪听了,先是一愣,但随即笑道:"如果一个人相信自己是天才,他就会成为天才。下学期,我还要把 B 班当天才班来教!"

麦琪老师因为错把学生储物箱的号码认为是学生的智商值了,所以尽心尽力地对待 4 年 B 班这个"天才班",结果奇迹真的出现了! 他们统考的成绩竟能比普通班的成绩还要好! 读了这个有趣的故事,你也相信麦琪老师说的:"如果一个人相信自己是天才,他就会成为天才"吗?

一、写几个与"恍然大悟"结构相近的词语。

　　___然___　　___然___　　___然___

二、分别解释下面句中加点词的意思。

　　1. 自然

　　① 那很自然啊! 他们的智商本来就比普通班学生要高呀! (　　　)

　　② 他在台上的表演很自然大方。(　　　)

　　③ 到大自然中去走走吧,你会变得心胸开阔。(　　　)

　　2. 精神

　　① 怪不得他们这么有精神头,原来小家伙们个个都是天才! (　　　)

　　② 雷锋的"钉子"精神值得青少年学习。(　　　)

三、"特别"、"特殊"在文中一再出现,校长的意思是_____。麦琪老师的理解是_____。

四、下面的描写表现了麦琪老师的什么心理?

　　1. 噢! 怪不得他们这么有精神头,原来小家伙们个个都是天才!

　　_____

　　2. 麦琪听了,先是一愣,但随即笑道……

　　_____

五、在麦琪老师的教育下,4 年 B 班发生了哪些奇迹般的变化?

　　_____

六、麦琪老师说:"如果一个人相信自己是天才,他就会成为天才。"你的看法呢?

　　_____

　　_____

 **快乐积累**

今·日·诗

文 嘉

　　今日复今日，今日何其少！今日又不为，此事何时了！人生百年几今日，今日不为真可惜！若言姑待明朝至，明朝又有明朝事。为君聊赋今日诗，努力请从今日始。

 **畅游百科**

人的尾巴哪里去了？

　　尾巴的功能是很重要的，对于松鼠，尾巴是重要的平衡器官；而对于鸟类，尾巴除了平衡身体以外，还可以改变方向；对于猴子来说，尾巴是支撑身体的第三条腿，也是爬来爬去的工具；而马的尾巴就像是夏天里的苍蝇拍……总之，每一种动物的尾巴都有它自己的功能。人是由动物进化而来的，那么似乎我们也应该有一条尾巴，可是我们没有，摸摸屁股，尾巴哪去了？人没有尾巴，为什么呢？

　　这是因为人在由动物进化到人的过程中，尾巴所能起的作用渐渐消失了。随着人进化的发展，人的大脑越来越发达，动作越来越灵活，尾巴失去了原有的功能，反而越来越碍事，慢慢地，尾巴退化了。这一现象被遗传下去，所以人不会有尾巴了。可是有时会出现例外，由于胚胎在胎儿期没有得到适当的刺激，发生畸变，尾巴不能发生退化，那么出生后也会发生有尾巴的现象。

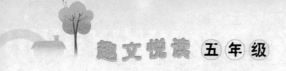

第九单元

感悟人生哲理

38 错出来的成功

◆ 蒋平

1876年,一位20来岁的年轻人只身来到芝加哥,他一无文化,二无特长,为了生存,只好帮商店卖起了肥皂。随后,他发现发酵粉利润高,立即投入所有的老本购进了一批发酵粉。结果他发现自己犯了一个错误:当地做发酵粉生意的远比卖肥皂的多,自己根本不是他们的对手。

眼见着发酵粉若不及时处置,损失将会巨大,年轻人一咬牙,决定将错就错,索性将身边仅有的两大箱口香糖贡献出来,凡来本店惠顾的客户,每买一包发酵粉,可获赠两包口香糖。很快,他手中的发酵粉被处理一空。

在随后的经营中,年轻人又发现:口香糖在市面上已经越来越流行,虽然是个薄利行业,但因为数目庞大,发展前景要比发酵粉好。他当即脑瓜子一转,又集结起所有的家当,把宝押在口香糖上了。营销过程中,他积极听取顾客的意见,配合厂家改良口香糖的包装和口味,后来他感觉这种配合局限性很大,索性倾其所有,自己办起了口香糖厂。1883年,他的"箭牌"口香糖正式面世。但在当时,市场上口香糖已有十多个品种,人们对这支生力军接受的速度非常慢,他一下子又陷入了困境。这时,他想出了一个更为冒险的招数:搜集全国各地的电话簿,然后按照上面的地址,给每人寄去4块口香糖和一份意见表。

这些铺天盖地的信和口香糖几乎耗光了年轻人的全部家当,同时,也几乎在一夜之间,"箭牌"口香糖迅速风靡全国。到1930年,"箭牌"已达到年销售量90亿块,成为当时世界上最大的营销单一产品的公司,这位惯于"错中求胜"的年轻人,就是"箭牌"口香糖的创始人威廉·瑞格理。

不仅如此,接下来的大半个世纪,"箭牌"口香糖还干过几件忙中出错的事情:20世纪60年代,公司投资1000多万美元成立了保健产品分部,并推出了抗酸口香糖。但由于糖里添加了有争议的药物成分,新产品没上市便被查禁,胎死腹中。为了抢占市场优势,他们更是投入巨资,大胆收购一些竞争对手的产品,以至于几度陷入严重的经营和生产危机。

昏招迭出的"箭牌"最后的命运如何呢?到今天,"箭牌融入生活每一天"的广告词已经家喻户晓,"箭牌"口香糖也已成为年销售额逾50亿美元的跨国集团公司。说起成功的奥秘,第三代传人小瑞格理一语道破了天机,那就是"大胆犯错"——须知机遇只有在犯错的过程中才能发现,只有经历错误的尝试,才能清晰地找准成功的方位。

趣点直击

　　"箭牌"口香糖之所以在市场中取得巨大成功,竟然源于一次偶然地购进了发酵粉! 看了这个故事,我们真为瑞格理高兴呀。其实,塞翁失马,焉知非福? 错误有时也是成功的起点哟!

悦读优练

一、给加点字选择正确的读音。

只身(zhī　zhǐ)　肥皂(zǎo　zào)　发酵(xiào　jiào)
获赠(zēng　zèng)　电话簿(bù　bó)　处置(chǔ　chù)

二、在括号中填入恰当的动词,完成词语。

(　　)肥皂　(　　)错误　(　　)礼品　(　　)机遇
(　　)困境　(　　)家当　(　　)成分　(　　)资金

三、说说下面句中加点的词语在表达上的作用。

　　1. 这些铺天盖地的信和口香糖几乎耗光了年轻人的全部家当,同时,几乎在一夜之间,"箭牌"口香糖迅速风靡全国。

_____

_____

　　2. 1883 年,他的"箭牌"口香糖正式面世。……到 1930 年,"箭牌"已达到年销售量 90 亿块,成为当时世界上最大的营销单一产品的公司。

_____

_____

四、威廉·瑞格理是怎样在错误中发现机遇、走向成功的? 用自己的话写一写。

_____

_____

五、"只有经历错误的尝试,才能清晰地找准成功的方位。"你赞成这句话吗? 说说你的见解。

_____

_____

快乐积累　　　　

　　1. 成功之花,人们往往惊羡它现时的明艳,然而当初,它的芽儿却浸透了奋斗的泪泉,洒满了牺牲的血雨。

　　2. 爱在左,同情在右,走在生命路的两旁,随时播种,随时开花,将这一径长途点缀得香花弥漫,使穿枝拂叶的人,踏着荆棘,不觉得痛苦;有泪可落也不是悲哀。

3. 宇宙是一个大的生命,江流入海,落叶归根,我们是宇宙中大气之一息,我们是大生命中的一分子。不是每一道江流都能流入大海,不是每一粒种子都能成熟发芽,生命中不是永远快乐,也不是永远痛苦,快乐与痛苦总是相辅相成的,在快乐中,我们要感谢生命,在痛苦中,我们也要感谢生命,因为快乐、兴奋、痛苦又何尝不是美丽呢?

4. 读书好,好读书,读好书。

 畅游百科

口香糖咽下去有危险吗?

有些人认为,口香糖和泡泡糖粘性很强,万一被吞下肚去,会粘住肠子引起肠梗阻。事实上,即使把口香糖咽下去也不会有什么危险,因为口香糖虽然带有一定的胶质,但进入胃里,遇到胃酸(其浓度相当于 HCl,即盐酸)后,在酸的作用下,经过水解,再加上消化液——酶的作用,最后口香糖已经完全变性了,并通过正常的消化途径被排出体外。所以,吃口香糖一般是不会发生什么危险的。

 39 有阳光就够了

◆刘燕敏

1972 年,新加坡旅游局给总理李光耀打了一份报告,大意是说,我们新加坡不像埃及有金字塔;不像中国有长城;不像日本有富士山;不像夏威夷有十几米高的海浪。我们除了一年四季直射的阳光,什么名胜古迹都没有。要发展旅游事业,实在是巧妇难为无米之炊。

李光耀看过报告,非常气愤。据说,他在报告上批了这么一行字:你想让上帝给我们多少东西? 阳光,阳光就够了!

后来,新加坡利用那一年四季直射的阳光,种花植草,在很短的时间里,发展成为世界上著名的"花园城市"。连续多年,新加坡的旅游收入列亚洲第三位。

上帝给每个国家、每个地区的东西,确实都不是太多。就拿我们身边知道的来说,它仅给杭州一个西湖,仅给曲阜一个孔子。就拿个人而言,它给每个人的东西同样也少之又少,它只给了牛顿一只苹果,并且还是掷过去的;它只给了迪斯尼一只老鼠,这只老鼠并且是在迪斯尼自己连面包都吃不上的时候到达的。

上帝的馈赠虽然少得可怜,但它是酵母。只要你是位有心人,你就会惊喜地发现上帝的馈赠是多么的丰厚。君不见,聪明的江南人利用西湖把杭州做成了天堂;智慧的北方人利用孔子把曲阜变成了圣城。君不见,沉思中的牛顿因那只苹果,奠定了自己物理学上不可撼动的地位;潦倒的迪斯尼利用那只老鼠,创造了一个价值连城的动画帝国。

也许你曾抱怨上帝的不公。在同龄人中间,它送给别人美貌,送给别人金钱,送给别人地位;送给你的,却仅是办公室的一把旧椅子。然而,假如你有幸读到了李光耀的那句话,你也许会突然振奋起来——原来那把旧椅子是上帝有意送来的。既然如此,哪里还有理由不把它变成一件文物!

第九单元　感悟人生哲理

趣点直击

　　上帝是吝啬的,又是公平的,给予每个人的都会一样多,关键是你要擦亮眼睛,发现自己的潜在优势,并将其放大、利用。李光耀先生"有阳光就够了"的话多么睿智!因此新加坡能够成为世界著名的旅游城市。读完这篇趣文,我们是否该思考"我有……"呢?

 悦读优练

一、说说"打"的不同含义。

1. 1972 年,新加坡旅游局给总理李光耀打了一份报告。(　　)

2. 她打字的速度非常快。(　　)

3. 我累极了,不停地打哈欠。(　　)

4. 妈妈躺在床上打针。(　　)

5. 请帮我买一打火机。(　　)

6. 这件事对他的打击特别大。(　　)

7. 竹篮子打水一场空。(　　)

二、把有关联的项连线。

杭州	牛顿		四季直射的	地位
曲阜	孔子		无比丰厚的	城市
万有引力	金字塔		不可撼动的	馈赠
迪斯尼	海浪		价值连城的	帝国
埃及	老鼠		世界著名的	阳光
夏威夷	西湖			

三、说说下面句子运用了什么修辞手法。

1. 上帝的馈赠虽然少得可怜,但它是酵母。(　　)

2. 我们新加坡不像埃及有金字塔;不像中国有长城;不像日本有富士山;不像夏威夷有十几米高的海浪。(　　)

3. 要发展旅游事业,实在是巧妇难为无米之炊。(　　)

四、本文引用新加坡利用阳光成为世界著名的旅游城市的故事,要告诉我们什么?

_____

_____

五、说说自己的长处以及潜在优势。

我有_____,我能_____

我有_____,我能_____

我有_____,我能_____

趣文悦读 五年级

快乐积累 ·描·写·景·色·的·词·语·

青山碧水	万紫千红	五彩缤纷	美不胜收	迎风吐艳	春色满园	春意盎然
玉宇琼楼	重峦叠嶂	山清水秀	湖光山色	绿草如茵	争奇斗艳	繁花似锦
桃红柳绿	明月清风	风清月朗	草长莺飞	姹紫嫣红	丹桂飘香	别有洞天
锦绣河山	水天一色	湖光山色	万木争荣	百花齐放	花团锦簇	银装素裹
皓月千里	披星戴月	星光灿烂	斗转星移	星罗棋布	月下花前	月黑风高
日月如梭	日新月异	日积月累	风花雪月	风驰电掣	风声鹤唳	风雨同舟
风雨无阻	风雨交加	风雨飘摇	风雨如晦	星光闪闪	雨过天晴	雨后春笋

畅游百科

臭氧空洞是怎么回事？有什么危害？

人类活动中的氯和溴对臭氧有破坏作用。氯和溴等有害物质由地面扩散至南极同温层形成的臭氧空调。臭氧能吸收99%以上对人类有害的太阳紫外线，是地球上所有生物的天然保护屏障。20世纪70年代以来，臭氧层发生严重耗损。

危害：一是导致人患皮肤癌等疾病；二是没了屏障，阳光中有害的射线直接到达地球表面。除了对生物有害外，还能造成全球气温变暖，引起北极冰山的融化。气候的灾害频频发生，地质灾害也随之而来。

 40 长大了就不苦

◆黄小平

一位年轻人向大师诉说内心的痛苦。

"长大了，就不苦了。"大师说。

"可我已经长大了。"年轻人说。

"可你指的长大，是年龄的长大，是身体发育的成熟。"

"一个人，除了年龄的长大和身体发育成熟外，难道还有别的什么长大和成熟吗？"

"有，那就是内心的长大和成熟。"大师说，"你内心没有长大和成熟，当然会觉得痛苦。"大师说完，拿来两枚果子，一枚成熟的，一枚青涩的，然后再把两枚果子从中间切开。大师问："你比较一下两枚果子的横截面，它们有什么不同吗？"

年轻人仔细对照了一番，说："那青涩的果子内心是空的，而那成熟的果子内心是实的。另外，成熟的果子内心有果核，而青涩的果子却没有。"

"我们知道，成熟的果子是甜的，青涩的、未成熟的果子是苦的。"大师说，"为什么呢？因为未成熟的果子内心没有长大和成熟。内心怎样才算长大和成熟呢？就像这枚成熟的果子一样，内心永远是充实的。另外，你想想，这枚成熟果子的果核代表什么呢？"

"这果核,就是果实的种子,它代表着内心的希望和信念,"大师继续说,"也就是说,当一枚果子内心永远是充实的,永远充满着希望和信念,那么就证明这枚果了已经成熟了,内心自然也就变得甘甜了。一个人也是如此。当他内心充实,饱含着希望和信念,他就是一个幸福的人,一个快乐的人,一个内心充满甜蜜的人。"

 **趣点直击**

一枚青涩的果子是苦的,而一枚成熟的果子是甜的。人也是这样,当他的内心长大成熟,他总是满怀希望和信念,他就会感到幸福、快乐、甜蜜。物与人是多么相似啊,自然界总是在含蓄地告诉着人们人生的很多道理。

悦读优练

一、给下面的词语找反义词,写在横线上。

青涩——_____　　充实——_____

苦涩——_____　　快乐——_____

二、本文中大师说的"长大"是什么意思?

_____

_____

三、在大师眼中,"成熟的果子"与"未成熟的果子"有什么不同?

_____

四、大师是怎样由说果子过渡到阐述人生道理的?

_____

五、判断说法的正误。

1. 大师以果子为喻,说明只有内心充实,拥有希望和信念的人才会幸福。

2. 本文中大师所说的"长大",既是指身体的发育,也是指心灵的成长。

3. 青涩的果子有内核,成熟的果子没有内核。

4. 年轻人的内心犹如一枚青涩的果实。

六、你是否也希望自己快快长大,快快成熟呢?说说你的想法,写下来。

_____

_____

快乐积累

三字词:

白嫩嫩　白花花　滑溜溜　红艳艳　绿油油　红彤彤　黄澄澄

香喷喷　甜滋滋　沉甸甸　圆乎乎　胖墩墩　水灵灵　亮闪闪

四字词:
果实饱满　颗甜瓜香　果肥汁甜　果园飘香　硕果累累　红果满枝
藕断丝连　又苦又涩　瓜甜子少　瓜菜成畦
名句:
一骑红尘妃子笑,无人知是荔枝来。　　　　　　　　　杜牧《过华清宫绝句》
梅子留酸软齿牙,芭蕉分绿与窗纱。　　　　　　　　　杨万里《闲居初夏午睡起》

畅游百科　　　　　　　

无花果有花吗?

无花果名字是由于古人的粗心错误而得名。其实它并不是无花就结果,花是植物有性繁殖的器官,不会"花而不实"、"实而不花"。当然结实的无花果树自然也有花了。如果我们在它发芽长叶后,仔细观察,就能揭开这个秘密。我们在它的叶腋刚长出小无花果时,摘下一个来就可看见,在它的顶端有一个小疤痕,细看还有一个小孔。用刀把它切成两瓣,就能见到在它里面长着很多小花,并且还是两种样子,那就是雌雄不同的花。这些花在一个总花托里开花,彼此授粉,然后结实。不过,这花隐藏在囊状总花托里,掩盖于枝叶的腋窝中,不容易被人看见。

41　在一朵花中休息

◆曹应东

这是一朵极普通的花,普通得谁也记不清它的名字,只知道春天开花的日子,田埂和塘堤四处可见它的踪影。花的颜色很朴素,介于红白之间,虽不鲜艳,却别有一番动人的妩媚;香气也不浓郁,但那若有若无、若远若近的芳馨,更叫人沉醉;花的体积也并不大,像那婴儿小拳头的样子,让人一望就怜爱不已。

那小蜜蜂就在这朵花的花蕊中安静地休息着,一动不动。偶尔微风袭来,轻轻拂起它柔软的翅膀,但它却仍在沉沉地小睡,仿佛在做一个甜甜的梦。这小蜜蜂一定是累了,想通过这次休息恢复体力,以便继续新的奔波。这并不叫人惊奇,叫人惊奇的是,这小蜜蜂竟把小憩的地方安排在花蕊里。难道它也知道应该把灵魂寄放在美好而洁净的地方吗?

小蜜蜂静静地在花蕊里睡着,美和美相互映衬,简直就是一幅绝美的静物画。

灵魂歇息的地方,其实不一定需要广阔堂皇的空间,有一朵美好而洁净的花其实也就够了。灵魂也只有在这样的花或者花一样的地方,才能心安理得地悄然入睡,才能远远地避开邪恶与危险,才能得到生生不息的力量、勇气和信心,从而在生活的旅途上更加坚强有力地昂首向前迈进。

如果我们总是沮丧颓废和烦躁不安,那一定是我们还没有像那只小蜜蜂那样找到属于自己的那朵花。

第九单元　感悟人生哲理 ………………

趣点直击

　　多么浪漫而富有诗意的题目！当苍蝇们在追腥逐臭，猪们在残美冷炙中饱食，一只小蜜蜂却选择了一朵芬芳洁净的花儿作为它的休息之地，它的梦也该是洁净芬芳吧？这样的人生是多么美好！人是不是也应该像它一样，静静地将自己的心灵安放于洁净芬芳之处呢？

悦读优练

一、用一个合适的词语代替句中加线的词。

　　1. 那若有若无、若远若近的<u>芳馨</u>，更叫人沉醉。（　　）

　　2. 花儿那婴儿小拳头的样子，让人一望就怜爱<u>不已</u>。（　　）

　　3. 这小蜜蜂竟把<u>小憩</u>的地方安排在花蕊里。（　　）

　　4. 小蜜蜂静静地在花蕊里睡着，美和美相互<u>映衬</u>，简直就是一幅绝美的静物画。（　　）

二、用 √ 标出下面选项中的比喻句。

　　1. 花的体积也并不大，像那婴儿小拳头的样子，让人一望就怜爱不已。

　　2. 小蜜蜂静静地在花蕊里睡着，美和美相互映衬，简直就是一幅绝美的静物画。

　　3. 如果我们总是沮丧颓废和烦躁不安，那一定是我们还没有像那只小蜜蜂那样找到属于自己的那朵花。

三、细读本文的第一段，说说第一段用了哪些词语来描绘花的"普通"？

　　花儿的生长环境：_____

　　花儿的颜色：_____

　　花儿的香气：_____

　　花儿的形态大小：_____

四、由蜜蜂在一朵普通的花中小憩，作者想到了什么？

　　_____

　　_____

　　_____

五、你对结尾一句话中"找到属于自己的那朵花"是怎样理解的？

　　_____

　　_____

　　_____

六、不同的人，对"幸福"的理解是不同的，你认为怎样的生活才是幸福的呢？

　　_____

　　_____

　　_____

快乐积累

村·晚

雷震

草满池塘水满陂,山衔落日浸寒漪。
牧童归去横牛背,短笛无腔信口吹。

【注释】这是一首描写农村晚景的诗。四周长满青草的池塘里,池水灌得满满的,太阳正要落山,红红的火球好像被山口咬住一样,倒映在冰凉的池水波纹中。放牛回家的孩子横坐在牛背,用短笛随便地吹奏着不成调的曲子。诗人即景而写,构成了一幅饶有生活情趣的农村晚景图。

这后两句最常被引用来歌咏乡野黄昏晚景的可爱,村童牛背吹笛,悠然自得,淳朴无邪而快乐。

畅游百科

蜂巢的秘密

自然界蜜蜂以其超然的智慧和辛勤的劳动构筑了无数形状优美的六边形蜂巢。早在公元四世纪的古希腊,数学家佩波斯就提出:蜂窝的优美形状,是自然界最有效劳动的代表。他猜想人们所见到的截面呈六边形的蜂窝,是蜜蜂采用最少量的蜂蜡建成的,他的这一猜想被称为"蜂窝猜想"。而后的事实和理论均证明,蜜蜂所建造的蜂巢的确采用了最少的蜂蜡,占有最大的空间面积,而结构稳定性为最佳。由此可见,六边形蜂巢结构是自然界的最佳选择,代表了最有效劳动的成果。

 42 想想十年后的自己

◆周　迅

18 岁之前,我是个不知道自己想要什么的人,那时我每天就在浙江艺术学校里跟着同学唱唱歌,跳跳舞。偶尔有导演来找我拍戏,我就会很兴奋地去拍,无论多小的角色。

如果没有老师跟我的那次谈话,那么也许直到今天,仍然没有人知道周迅是谁。

那是 1993 年 5 月的一天,教我专业课的赵老师突然找我谈话:"周迅,你能告诉我,你对于未来的打算吗?"

我愣住了。我不明白老师怎么突然问我如此严肃的问题,更不知道该怎么回答。

老师问我:"现在的生活你满意吗?"我摇摇头。

老师笑了:"不满意的话证明你还有救。你现在就想想,十年以后你会是什么样?"

老师的话音很轻,但是落在我心里却变得很沉重。我脑海里顿时开始风起云涌。沉默许久,我看着老师的眼睛,忽然就很坚定地说:"我希望十年以后自己成为最好的女演员,同时可以发行一张属于自己的音乐专辑。"

老师问我:"你确定了吗?"

我慢慢地咬紧着嘴唇回答:"Yes."而且拉了很长的音。

老师接着说:"好,既然你确定了,我们就把这个目标倒着算回来。十年以后,你 28 岁,那时你是一个红透半边天的大明星,同时出了一张专辑。"

"那么你 27 岁的时候,除了接拍各种名导演的戏以外,一定还要有一个完整的音乐作品,可以拿给很多很多的唱片公司听,对不对?"

"25 岁的时候,在演艺事业上你就要不断进行学习和思考。另外在音乐方面一定要有很棒的作品开始录音了。"

"23 岁就必须接受各种各样的培训和训练,包括音乐上和肢体上的。"

"20 岁的时候就要开始作曲、作词。在演戏方面就要接拍大一点的角色了。"

老师的话说得很轻松,但是我却一阵恐惧。这样推下来,我应该马上着手为自己的理想做准备了,可是我现在却什么都不会,什么都没想过,仍然为小丫环小舞女之类的角色沾沾自喜。我觉得有一种强大的压力忽然朝自己袭来。

老师平静地笑着说:"周迅,你是一棵好苗子,但是你对人生缺少规划,散漫而且混乱。我希望你能在空闲的时候,想想十年以后的自己,到底要过什么样的生活,到底要实现什么样的目标。如果你确定了目标,那么希望你从现在就开始做。"

一年以后,我从艺校毕业了,老师的话从那天开始一直刻在了我的心底:想想十年后的自

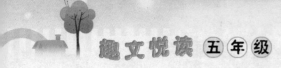
己。是的,当我意识到这是一个问题的时候,我发现我整个人都觉醒了。

从学校毕业后,我忙于接拍各种各样的影视剧。我始终记得,十年后我要做最成功的明星,所以对角色我开始很认真地筛选。后来我拍了《那时花开》,拍了《大明宫词》,我渐渐被大家接受,也慢慢地尝到了成功的快乐。

2003年4月,恰好是老师和我谈话后的十周年,我不知道这是偶然还是必然,我居然真的拥有了属于自己的第一张专辑——《夏天》。

其实你和我一样。如果你能及时地问自己一句:"十年后我会怎么样?"你会发现,你的人生就会在不知不觉中发生变化。时刻想着十年后的自己,你会朝着自己的梦想越走越近。

趣点直击

十年后的自己是什么样的?这是一个很轻松的问题,又是一个很严肃的话题。周迅的老师用这句话点醒了懵懂的周迅,让她意识到人生是需要规划的,只有一步一步朝着自己的目标努力,梦想才可能成为现实。一句话的作用竟如此之大!我们不妨也问问自己:十年之后,我们会是什么样的?

悦读优练

一、修改下面拼音中的错误。

偶尔	什么	兴奋	话音
ǒu ěr	shén mě	xìng fèn	huà īn
( )	( )	( )	( )

音乐	演艺	空闲	觉醒
yīn uè	yǎn ì	kōng xián	jiào xǐng
( )	( )	( )	( )

二、写反义词。

偶尔——( ) 偶然——( ) 接受——( )

简单——( ) 空闲——( ) 轻松——( )

三、说说加点词语在表达上的作用。

1. 老师的话从那天开始一直刻在了我的心底。

_____

2. 我渐渐被大家接受,也慢慢地尝到了成功的快乐。

_____

四、十年前"我"的梦想是什么?十年后"我"是什么样的?

_____

_____

五、老师的话带给"我"哪些改变?

_____

_____

六、想想看,你十年后会是什么样的呢? 将你的想象写下来。

_____

_____

_____

快乐积累

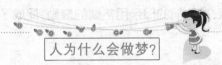

名·人·谈·梦·想

梦想只要能持久,就能成为现实。我们不就是生活在梦想中的吗? ——丁尼生

梦想一旦被付诸行动,就会变得神圣。 ——阿·安·普罗克特

梦想绝不是梦,两者之间的差别通常都有一段非常值得人们深思的距离。 ——古龙

我们因梦想而伟大,所有的成功者都是大梦想家:在冬夜的火堆旁,在阴天的雨雾中,梦想着未来。有些人让梦想悄然绝灭,有些人则细心培育、维护,直到它安然度过困境,迎来光明和希望,而光明和希望总是降临在那些真心相信梦想一定会成真的人身上。

——威尔逊

一个人可以非常清贫、困顿、低微,但是不可以没有梦想。只要梦想一天,只要梦想存在一天,就可以改变自己的处境。 ——奥普拉

畅游百科

人为什么会做梦?

人在睡觉时就会做梦,做梦是人体正常的生理现象。梦是在快眼动睡眠情况下进行的,会被记住;相反在非快眼动睡眠情况下的梦,不会被记住,我们也不会意识到。每个人每晚都会做梦,因为人类的脑细胞总是在不停活动,人在睡眠过程中,意识的清晰度会下降,当日常生活中的思想、回忆和想象刺激人的大脑皮层的某些部分并留下痕迹、当大脑皮层的这些部分在人的睡眠中还保持着兴奋状态时,日常生活中留下的痕迹就活跃起来,引起了梦,梦是外界因素在人脑中的存在。

43 呵护孩子的梦

◆ 曾文广

多年以前的一个晚上,有个年轻的母亲正在厨房里洗碗,她才几岁的小儿子独自在洒满月光的后院玩耍。年轻的母亲不断听到儿子蹦蹦跳跳的声音,感到很奇怪,便大声问他在干什么。天真无邪的儿子大声回答:"妈妈,我想要跳到月球上去!"这位母亲并没有像其他的父母一样责怪儿子不好好学习,只知道瞎想,而是说:"好啊! 不过一定要记得回来呀!"

这个小孩长大以后真的"跳"到月球上去了,他就是人类历史上第一个登上月球的人——美国宇航员尼尔·阿姆斯特朗。他登上月球的时间是 1969 年 7 月 16 日。

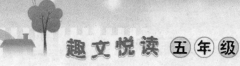

　　还有一个同样有意思的故事——一天,一个小男孩在家里照顾他的妹妹莎莉,他无意中发现了几瓶彩色墨水。母亲不在家,那些瓶子对他是一种极大的诱惑,小男孩忍不住打开瓶子,开始在地板上画起了妹妹的肖像。不可避免地,他把室内各处都洒上了墨水污渍,家里变得脏乱不堪。

　　当他母亲回来时,被眼前的情景惊呆了,但她同时也看到了地板上的那张画像——准确地说是一片乱七八糟的墨迹。她对色彩凌乱的墨水污渍视而不见,却惊喜地说道:"啊,那是莎莉!"然后她弯下腰来亲吻了她的儿子。这个男孩就是本杰明·威斯特,后来成了一个著名的画家。他常常骄傲地对人说:"是母亲的亲吻使我成了画家。"

　　对于一个未成年却充满想象力的孩子,我们永远都不可能预测他将通过何种方式、何种途径去实现未来的人生价值,获取属于他的成功。我们要做的只有一件事,那就是鼓励,再鼓励!只要是积极的、向上的、生动的就去鼓励,剩下的一切都交还给他自己——让孩子做孩子的事,他往往能在"不可能"或"不太可能"中找到可以献身的东西,并能在造福人类的事业中达到一个光辉的顶点!

趣点直击

　　梦想,犹如星星之火,一旦点燃,就将放射出灿烂的光芒。不是吗? 那个在后院的月光下蹦跳的孩子,竟然跳到了月球上;那个满屋子涂鸦的小孩,竟成了一位著名的画家! 是谁点燃了梦想之火? 是母亲,是他们的母亲用热情的鼓励,促成了孩子的成长。让我们向这两位伟大的母亲致敬吧!

 悦读优练

一、完成词语。
　　(　　)的母亲　　(　　)的画家　　(　　)的孩子　　(　　)的声音
　　(　　)的后院　　(　　)的墨迹'　　(　　)的诱惑　　(　　)的顶点

二、选字组词(在正确的选项后打✓)。

玩{要(　)／耍(　)}　预{测(　)／侧(　)}　污{渍(　)／迹(　)}

月{球(　)／珠(　)}　途{径(　)／经(　)}　肖{像(　)／象(　)}

诱{诱(　)／锈(　)}惑　娇{娇(　)／骄(　)}傲　未{未(　)／末(　)}来

三、变换句式。

1. 天真无邪的儿子大声回答:"妈妈,我想要跳到月球上去!"(变为转述句)

_____

2. 一个小男孩在家里照顾他的妹妹莎莉。

_____

四、说说文中四处破折号的作用。

1. 他就是人类历史上第一个登上月球的人——美国宇航员尼尔·阿姆斯特朗。

_____

2. 她同时也看到了地板上的那张画像——准确地说是一片乱七八糟的墨迹。

_____

3. 还有一个同样有意思的故事——一天，一个小男孩在家里照顾他的妹妹莎莉，他无意中发现了几瓶彩色墨水。

_____

4. 只要是积极的、向上的、生动的就去鼓励，剩下的一切都交还给他自己——让孩子做孩子的事。

_____

五、本文列举了哪几个人的事例？作者要表现什么观点？

_____

_____

_____

_____

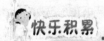 

姚遥

童趣在春天，是一根风筝线
放飞蜻蜓花蝴蝶，笑声呀飞上天
童趣在夏天，是一条小河湾，鱼虾螃蟹四处逃，笑声在追赶
童趣在秋天，是一根长竹竿
用它打枣摘苹果，笑声呀甜又甜
童趣在冬天，是一块雪橇板，左拐右拐冲下坡，笑声飘不散

 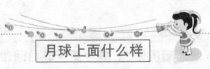

月球表面的环境，与地球表面的自然环境大不相同。月球上没有大气，处于一种高度的真空状态，连声音都无法传播。月球上也没有水，就是在对月球的岩石分析中，也没有发现水分。那里满目荒凉，毫无生气，是一个没有生命活动的世界。月球上没有大气层，月球表面直接暴露在宇宙空间，因而月表的温度变化非常剧烈，白天最热时，月表温度可达127℃，而夜间最冷时，温度则可降到－183℃。

没有大气，又没有水，月球上也就没有云雾雨雪等气象变化，因此，在地球上用望远镜观察月球，可以清楚地看到月表的各种形态。

44 通往梦想的路

◆保罗·W·理查兹/文　王世跃/编译

我是一名童子军,参加过汽车模型比赛。

每个童子军成员都用一块木头做一辆汽车模型。爸爸没有多少工具借给我,我就用一把生锈的锉刀和一块旧砂纸,切割和打磨木头。

我的汽车模型不好看。我试图用油漆来遮掩擦痕和不平整的地方,却使它更难看了。这么难看的汽车模型怎么能取得好成绩呢?

比赛那天,其他的汽车模型都很漂亮。但是,结果出乎意料,我的车跑得最快,赢得了第一名!

第二年,我再次参加汽车模型比赛。这次,伯伯用电动工具帮我切割木块。我用油漆和图片装饰汽车模型,甚至还给它找了个玩具小人做驾驶员。

我的汽车是比赛中最好看的汽车之一,不过也是跑得最慢的汽车之一,第一轮我就败下阵来。

经过那样艰苦的努力却输了,我很沮丧。

第三年,童子军团举办航模比赛,要求用木块做火箭。爸爸妈妈说服我,我报了名。

这次,我打磨和黏合火箭模型,比装扮它更用功。性能比外表更加重要。我再一次赢得了第一名。

我渐渐学会了坚持:不断尝试,不言放弃。

我童年的梦想是成为一名航天员。长大后,我一直申请成为航天员。整整八年时间,我收到的都是拒绝的信函。

终于在 1996 年,美国国家航空和航天管理局邀请我去得克萨斯州的休斯敦市。最后,我成功地成为一名航天员。

2001 年 3 月 8 日,我乘"发现号"航天飞机进入太空。在太空中工作的 12 天里,我参与了国际空间站的一次航行,并进行了一次太空行走。

没有坚持,我的梦想就永远不会实现。

趣点直击

童年的时候,有很多天真浪漫的梦想,把梦想变成为理想奋斗的动力,人生才特别有乐趣。本文的作者,凭着自己不懈的努力,终于成为了一名航天员,真是一个了不起的奇迹!读了他的文章,年少的我们,是不是热血沸腾呢?

悦读优练

一、给加点字选择正确的读音。

模(mó mú)型　打磨(mó mò)　难看(nàn nán)

沮丧(sàng sāng)　说(shuō shuì)服　行(xíng háng)

二、解释下面词语,并分别写句子。

1. 出乎意料:＿＿＿＿＿＿＿＿＿＿＿＿＿＿＿＿＿＿＿＿＿＿＿＿

2. 邀请:＿＿＿＿＿＿＿＿＿＿＿＿＿＿＿＿＿＿＿＿＿＿＿＿＿＿＿

3. 信函:＿＿＿＿＿＿＿＿＿＿＿＿＿＿＿＿＿＿＿＿＿＿＿＿＿＿＿

三、本文共写了哪几件事?简要概括一下。

＿＿＿＿＿＿＿＿＿＿＿＿＿＿＿＿＿＿＿＿＿＿＿＿＿＿＿＿＿＿＿＿

＿＿＿＿＿＿＿＿＿＿＿＿＿＿＿＿＿＿＿＿＿＿＿＿＿＿＿＿＿＿＿＿

＿＿＿＿＿＿＿＿＿＿＿＿＿＿＿＿＿＿＿＿＿＿＿＿＿＿＿＿＿＿＿＿

四、下面的句子,分别表达了作者的什么感情?

1. 这么难看的汽车模型怎么能取得好成绩呢?

＿＿＿＿＿＿＿＿＿＿＿＿＿＿＿＿＿＿＿＿＿＿＿＿＿＿＿＿＿＿＿＿

2. 但是,结果出乎意外,我的车跑得最快,赢得了第一名!

＿＿＿＿＿＿＿＿＿＿＿＿＿＿＿＿＿＿＿＿＿＿＿＿＿＿＿＿＿＿＿＿

3. 我用油漆和图片装饰汽车模型,甚至还给它找了个玩具小人做驾驶员。

＿＿＿＿＿＿＿＿＿＿＿＿＿＿＿＿＿＿＿＿＿＿＿＿＿＿＿＿＿＿＿＿

五、这几句话在文章中分别起什么作用?

1. 我渐渐学会了坚持:不断尝试,不言放弃。

＿＿＿＿＿＿＿＿＿＿＿＿＿＿＿＿＿＿＿＿＿＿＿＿＿＿＿＿＿＿＿＿

2. 没有坚持,我的梦想就永远不会实现。

＿＿＿＿＿＿＿＿＿＿＿＿＿＿＿＿＿＿＿＿＿＿＿＿＿＿＿＿＿＿＿＿

六、名人成功的实例往往能给人启发和激励,读了本文,你想说什么?写下来。

＿＿＿＿＿＿＿＿＿＿＿＿＿＿＿＿＿＿＿＿＿＿＿＿＿＿＿＿＿＿＿＿

＿＿＿＿＿＿＿＿＿＿＿＿＿＿＿＿＿＿＿＿＿＿＿＿＿＿＿＿＿＿＿＿

 快乐积累　　励·志·名·言

激流勇进者方能领略江河源头的奇观胜景。

不管多么险峻的高山,总是为不畏艰难的人留下一条攀登的路。

只要能收获甜蜜,荆棘丛中也会有蜜蜂忙碌的身影。

生命力的意义在于拼搏,因为世界本身就是一个竞技场。

海浪的品格,就是无数次被礁石击碎又无数次地扑向礁石。

畅游百科

为什么物体的重量会变?

曾经发生过这样一件事:一个商人在荷兰买了5000吨鱼运往索马里的摩加迪沙。到了那里,用弹簧秤一称,鱼竟少了30多吨。轮船沿途并没有靠过岸,装卸中的损耗也不可能这样

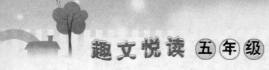

大,鱼到哪里去了呢?

原来,这是地球自转和地球引力开的玩笑。一个物体的重,就是物体所受的重力,是由地球对物体的吸引所造成的。但地球的自转,会产生一种自转离心力。因此物体所受的重力,等于地心引力和自转惯性离心力的合力。由于地球是个椭球体,越靠近赤道,地面与地心的距离越远,地心引力也就越小;另一方面,越靠近赤道,物体随地球自转产生的自转离心力地越来越大。所以,越是靠近赤道,物体实际所受重力就越小,5000吨重的鱼,从中纬度的荷兰运到赤道附近的索马里,所受重力必然逐渐减小,难怪过秤时要短少30多吨了。

45 别让人偷走你的梦

蒙迪·罗伯特上高中时,老师出了一道作文题,让同学们谈谈自己的理想。罗伯特兴奋无比地将自己心中蕴藏已久的梦想——拥有一个牧马场——详尽地写出来,足足占据了七张纸,配有一幅200英亩的牧马场示意图——有马棚、跑道、种植园、房屋等建筑的平面设计图。在昏黄的灯光下,罗伯特沉浸在纵横交错、广阔的牧马场的梦境中。

可是,老师并不领他的情,在他的作业本上批了个大大的"F"(差),犹如一盆冷水从天而降。下课后,他满怀迷惑地找到老师,不解地问:"我为什么得'F'?"

老师是个有一点绅士派头的、相貌冷峻的中年男子。他平静地看着这个与他一般高的毛头小伙子,说:"我很欣赏你作文中蕴涵的那份执著。但是,对于你来说,这个理想太不现实。你出身于贫困家庭,要拥有一个牧马场,需要很多钱,你根本无法实现这些!"老师停了一会儿,接着说:"如果你重做这份作业,确定一个现实些的目标,我可以考虑重给你打分。这个分数对你来说是非常重要的,我并不是想为难你。"

这个分数是罗伯特能否毕业的关键。回家后,他左思右想,不知如何是好,便问父亲怎么办。父亲说:"你已经不小了,要学会自己拿主意,这对你是一个重要的决定。"一个星期后,罗伯特把这份作业原封不动地交给老师,十分坚定地说:"你可以不改动这个'F',我也不想改变我的梦想!"

18年后,罗伯特经过不懈地努力拥有了一个200英亩的牧马场,实现了自己的梦想。后来,那个老师知道后,不无歉意地说:"罗伯特,现在我意识到,那些年,我是个专门偷梦的贼,我可能偷走了许多孩子的梦。幸运的是,你是那样矢志不渝,那样勇敢,自始至终都没有放弃你的梦。"

其实,每个人在成长的道路上,都会有许许多多绚丽多彩的梦。它们极有可能是我们明天成功事业的雏形,但是由于立场的不坚定、生活的挫折、别人的"好言相劝"等种种原因而破灭。

记住,别让人偷走你的梦。

趣点直击

梦又不是一个有形的东西,怎么会被偷走呢?读了本文你才会豁然开朗,原来,"偷走梦"指的是受到别人的打击而失去梦想呀!文中的蒙迪可是个自始至终拥有梦想的人,他经过不懈的努力实现了自己的梦想,最终令曾经小看他的老师也满怀歉意。小朋友们,坚持自己的梦想,并努力为之奋斗吧。

悦读优练

一、给加点字注音。

蕴藏　　详尽　　关键　　沉浸　　迷惑　　冷峻　　不懈　　占据

（　）（　）（　）（　）（　）（　）（　）（　）

二、18 年前,蒙迪·罗伯特的梦想是_____,老师给他的作业批"F"的原因是_____;18 年后,罗伯特_____,他的老师_____。罗伯特之所以能实现自己的梦想,是因为_____。

三、说说下面句中几个"梦"的具体含义。

1. 幸运的是,你是那样矢志不渝,那样勇敢,自始至终都没有放弃你的梦。

2. 其实,每个人在成长的道路上,都会有许许多多绚丽多彩的梦。

四、对于文中画波浪线的部分,你是怎样理解的? 写下来。

五、文中的"父亲"对于罗伯特的成功起了至关重要的作用,用_____画出父亲说的话,说一说这是一位怎样的父亲。

六、谈谈你的"梦",写下来。

快乐积累

名·人·谈·梦·想

　　人类也需要梦想者,这种人醉心于一种事业的大公无私的发展,因而不能注意自身的物质利益。

——居里夫人

　　事实上是,哪个男孩女孩没有做过上天入地、移山倒海的梦啊,只不过在生活面前,很多人慢慢放弃了自己童年的梦想,所以他们沦落为失去梦想的人;而有些人,无论生活多么艰难,从来没有放弃梦想,于是,他们成为永葆青春梦想、永葆奋斗激情的人、能够改变世界、创造未来的人。

——徐小平

　　一个人要实现自己的梦想,最重要的是要具备以下两个条件:勇气和行动。

——俞敏洪

趣文悦读 五年级

畅游百科

梦中的情景有时怎么会出现在现实中？

俗话说"日有所思,夜有所梦",当你极度渴望一件事情时,晚上做梦就会梦到,就会以为梦想真的成真了。其实,圆梦,只是碰巧,是敏感、多疑、偏激的人把一些不相干的事情联系起来的结果。人一般都会梦到生活中的事。小时候发生过的事,长大后的某一天也许会梦到;东西放到哪里找不到,说不定在哪个梦里就会清晰地看到东西所在的位置,这些都是潜意识的结果,不是梦想真的成真了。

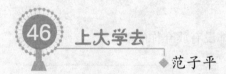

46 上大学去

◆ 范子平

我们从没有做过上大学的梦,因为我们村从来就没有出过一个大学生。不过我们上不了大学但一般都上小学,可是小学上得又不安稳,谁的家里需要劳力,马上就叫他们的孩子辍学。所以,我们一个班在一年级时有 13 个人,到了五年级,就剩下我们 5 个人了,而且都是本家,王连喜当班长。在村里,没有我们不敢办的事,都说我们"捣蛋得欺天",就连班主任也被气病了,回城里看病再也没回来。过了好几个星期,学校就换了同村同族的王敬民来教我们。王敬民三十多岁,高高的个子,别看他比我们大十几岁,却是我们的晚辈。论辈分,我是叔叔,王连喜他们四个就是爷爷了。王敬民的课讲得很有意思,总而言之就是故事开路,先吸引住你,再往下讲课,这样的方式我们真的很欢迎。可是一让做作业我们就不高兴了,因为我们已经两年没有做过作业了。他给我们几个人都打了不及格,又在课堂上批评,我们可恼火了。王连喜就喊:"过来,过来,我是你爷爷,我叫你过来。"王敬民无可奈何,因为我们村就一个族,村里老人对辈分还挺重视的。我们几个就越发调皮,齐喊:"现在是四个爷爷一个叔叔集体处罚你,王敬民马上来!"王敬民只好过来按照我们的要求把腰弯下,我们伸出食指和拇指弯成一个圆,每人在他头上弹了一下。王敬民夸张地"哎哟"着,说:"你们这些捣蛋虫!"他没说下去,我们毕竟是长辈,他没有办法。

第二天上课,王敬民突然说:"你们想不想上大学去?"上大学去?是不是那天我们在他头上弹时下手太重把他弹成了神经病?我们会有上大学的命?再说,我们才上小学五年级,离大学还差十万八千里。我们就笑嘻嘻地说:"想是想,就是太空想。"王敬民一下子摆出了晚辈人的随便来,大喊:"走,咱上大学去。"不由分说,拉着我们上了一辆开向城里的客货两用车。看着两边的树木飞快朝后跑去,我们可得意了,上大学不上大学先不说,这次旅游要比掏鸟窝、比挖田鼠洞、比捉水蛇有意思多了。

没想到王敬民真的领我们去了大学。这所大学还是全省很有名的一所大学,只是没有在市里,在距离市区十多公里的地方。首先那个大门就气派得叫人吃惊。门岗在屋里并不出来,汽车来了,电动栅栏门会缩起来让路。王敬民经过一番交涉,领我们走进了大门(王敬民交涉时,我们才知道他的一个高中同学在这里当老师)。嗨,还真是从没见过这样好的地方!绿茵茵的草地上伸着长颈灯,路边一丛一簇鲜花的香味沁人心脾。石板铺就的甬道上青年人三三两两拿着书本散步,高大的楼房上美丽的玻璃幕墙像神话宫殿一般。教室里,大学生们看着

大屏幕电脑听老师讲课;图书馆里,好家伙,一格格一柜柜的书本快把我们的眼睛看花了;电梯呢,上上下下,头脑有些晕乎,像坐飞机一样。实验室里,瓶瓶罐罐,还有不知名的仪器高高低低,酒精灯吐着蓝色的火苗。还有宽阔的体育场,篮球、足球、排球飞上飞下……大学真大呀,大学真美呀,我们的心被震撼了,小脸严肃起来,一种莫名其妙的激动在血管里膨胀。

王敬民说:"咋样?"

王连喜说:"这个……这个……真是比天堂还好啦。"

我说:"让我在这个地方过一天就美啦。"

王敬民说:"这里边出来的大学生,机关、学校、工厂、解放军都抢着要,为啥? 人家有本事。像咱开后门人家也不要。比方咱村的支书,又是送礼又是说好话,儿子才安排到县电缆厂,还下了岗。这所大学的毕业生,挺起胸膛做人,到处有人抢。自己饭碗铁不说,还光荣,给国家做的贡献大! 像咱借用县农场的自动收割机,就是这里发明的。那算是小发明,这里大小发明一年几百项! 你们想在家窝窝囊囊过一辈子,还是想上大学,做大事,给国家做贡献,过上好日子?"

我们一时忘了自己长辈的身份,一起回答:"想上大学!"

王敬民说:"那就好,上大学就得好好学,认真听讲,往心里听,认真做作业,往心里学,得靠自己用心,得靠自己吃苦!"

当我们朗朗的读书声响彻小村上空时,去地里劳动的好多人都拐到这里看热闹,说:"王敬民真有本事,咋把这几个捣蛋泥猴制服了?"

一晃六七年过去了,我们这一班的5个同学,真的都考上了大学。每年过年回家的时候,我们都去看望王敬民老师。我们规规矩矩,恭恭敬敬。王敬民老师开玩笑说:"别这样,你们还是长辈呢。"我们全都不好意思地笑了。

趣点直击

一群"捣蛋得欺天"的野小子,一群动辄以长辈的身份惩罚老师的学生,居然在老师的巧妙启发下,萌发了对大学的强烈向往之情,最后一齐走进了大学的校门! 读到这里,你是不是怀疑文中的老师有一根神奇的魔棒呢? 你一定会为老师高超的激励艺术喝彩,为这群学生的聪明可爱微笑吧。

悦读优练

一、读拼音,写词语。

chuò xué   nǎo huǒ   tiáo pí   dǎo dàn   jiāo shè
(   ) (   ) (   ) (   ) (   )

chǔ fá   zǒng ér yán zhī   qìn rén xīn pí   bù yóu fēn shuō
(   ) (   )   (   )   (   )

二、说说下面句子分别运用了什么修辞手法?

1. 我们才上小学五年级,离大学还差十万八千里。(   )

2. 高大的楼房上美丽的玻璃幕墙像是神话宫殿一般。(   )

3. 汽车来了,电动栅栏门会缩起来让路。(　　)

三、下面的句子分别表达了"我们的"什么感情?

1. 大学真大呀,大学真美呀,我们的心被震撼了,小脸严肃起来,一种莫名其妙的激动在血管里膨胀。

_____

2. 王敬民老师开玩笑说:"别这样,你们还是长辈呢。"我们全都不好意思地笑了。

_____

四、王敬民老师是采用什么办法治服这些"捣蛋泥猴"的?

_____

五、说一说你做过的大学梦,写下来。

_____

_____

快乐积累　　　　关·于·友·情·的·名·句

劝君更进一杯酒,西出阳关无故人。　　　　——王维《送元二使安西》
孤帆远影碧空尽,唯见长江天际流。　　　　——李白《送孟浩然之广陵》
桃花潭水深千尺,不及汪伦送我情。　　　　——李白《赠汪伦》
莫愁前路无知己,天下谁人不识君。　　　　——高适《别董大》
海上生明月,天涯共此时。　　　　　　　　——张九龄
相知无远近,万里尚为邻。　　　　　　　　——张九龄
久旱逢甘雨,他乡遇故知。　　　　　　　　——汪洙
岁寒知松柏,患难见真情。　　　　　　　　——中国谚语
千里送鹅毛,礼轻情意重。　　　　　　　　——欧阳修

畅游百科　　　

为什么调皮的孩子往往更聪明?

人们常以为性格温顺、听话的孩子肯学习、容易教,应当是聪明的,可事实上,却常常是那些调皮的孩子聪明。这是为什么?

国外的一些医学专家认为,那些性格温柔、听话的孩子,常常是父母让干什么就干什么,给父母腾出时间去做自己的事,而孩子则默默地在一旁玩自己的,无形中减少了与父母进行语言及感情交流的机会。而那些捣蛋的孩子顽皮、任性,常常违反父母的意图,甚至干扰父母的工作与家务。可是这却迫使父母放下手中的事,耐着性子去解释和劝导,结果反而使得孩子获得了许多与父母亲近的机会。与父母语言、感情的交流增多了,就促进了孩子语言发展和智力的提高。另外,调皮的孩子大脑总是在运转,听话的孩子往往依赖性比较强,不大肯去用脑。而脑子是越用越灵的。这样,调皮的孩子常常比较聪明也就不奇怪了。

第十一单元
共建和谐家园

47 寻找山清水秀的地方

◆莫小米

赚了点钱，我周围的许多人都开始了寻找，寻找一片山清水秀的地方，买房置地。

这没错，但结果与美好想象往往存在差距。道理很简单——你去了，他也去了，大家都去了，山清水秀的地方往往就不再山清水秀了。

有一个外国人也在寻找，不过他是从寻找爱情开始的。这个加拿大的小伙子爱上一个中国姑娘，不远万里来到中国，选择了长江边的一个城市住下。但很快他就觉得无法适应中国城市的喧嚣。在他的坚持下，小夫妻将家安到了沿海的一个小渔村。

云卷云舒，潮起潮落，小渔村实在是太美了；垃圾成堆，群蝇狂舞，小渔村又实在是太脏了。

金发小伙子看不下去，动员邻居大姐清理屋后的垃圾。邻居大姐哈哈大笑："我们祖祖辈辈都这样过来的，你看不惯，谁让你住这儿啊？"一边说，一边拍拍孩子的屁股，一层沙子撒落在小伙子的钢琴上。

金发小伙子没办法，只好先教村里的孩子说英语。村里人不讲卫生，倒很爱让孩子们学英语。下课后，他带着孩子们，捡了许多石头，在村口垒起了三个大石头圈，然后对孩子们说："回去告诉你们的爸爸妈妈，把家里的垃圾分门别类，放在这三个石头圈里。"

几天过去了，三个石头圈空空如也，村里依旧垃圾遍地。

金发小伙子不甘心，他又想了个办法，去找村长。在中国他学会了软磨硬泡，他对村长说啊说，说村子多么美，说以后大伙还要捕鱼，说到子孙后代的健康。村长说："这关你什么事呀，这又不是你的家！"小伙子说："你看垃圾漂到海里，海的那边就是加拿大，就是我的家。"村长不吱声了。

第二天早晨，小伙子在海滩上跑步，忽然看见村长推了一辆双轮车，抡着铁锹，在清理垃圾，小伙子连忙拿了工具跑过去干起来，邻居大姐也来了，村里人都来了……

这是一件真实的事情，金发小伙子是我的友人，名叫艾德姆，来中国才一年多。我真佩服他，他居然敢单枪匹马地改造中国的农村。而我们除了埋怨和逃避，还能干什么？

他和我们都在寻找，但像我们这种找法，永远也找不到山清水秀的地方；只有他真正找到了。

我们走到哪里，哪里就会被我们弄脏；他走到哪里，哪里就会成为山清水秀的地方。

趣点直击

　　如果可能,每个人都希望生活在山清水秀的地方,而文中的金发小伙子不仅在寻找,更是在创造,他用自己的实际行动,使中国的一个小渔村真正地美丽起来了。读完本文,你一定也会很佩服文中的这位金发小伙子的。

悦读优练

一、补充词语。

　　(　　)清(　　)秀　　买(　　)置(　　)　　(　　)枪(　　)马

　　(　　)卷(　　)舒　　软(　　)硬(　　)　　(　　)门(　　)类

二、本文写的是谁的一件什么事?请用简要的语言概括一下。

_____

_____

三、仿写句子,用上带点词。

　　云卷云舒,潮起潮落,小渔村实在是太美了;垃圾成堆,群蝇狂舞,小渔村又实在是太脏了。

_____

_____

四、文中的哪些词句写出了金发小伙子在改造渔村过程中的心理变化?找一找,写下来。

_____

_____

_____

五、金发小伙子是怎样与村长"软磨硬泡"的呢?为他们设计一段对话。

_____

_____

_____

_____

_____

六、"我们走到哪里,哪里就会被我们弄脏;他走到哪里,哪里就会成为山清水秀的地方"。说说你对这句话的理解。

_____

_____

_____

_____

描·写·花·的·名·句

1. 枝间新绿一重重,小蕾深藏数点红。 ——金·元好问《同儿辈赋未开海棠二首》
2. 不是花中偏爱菊,此花开尽更无花。 ——唐·元稹《菊花》
3. 荷尽已无擎雨盖,菊残犹有傲霜枝。 ——宋·苏轼《赠刘景文》
4. 前村深雪里,昨夜一枝开。 ——唐·齐己《早梅》
5. 桂子月中落,天香云外飘。 ——唐·宋之问《灵隐寺》

为什么称森要是"天然氧吧"?

因为树木可净化空气。当气流经过树林,空气中有部分尘埃、油烟、炭粒、铅、汞等致病物质就被植物叶面上的绒毛、皱褶、油脂和粘液吸附了,空气因此得以净化。每公顷阔叶树林,每年可吸掉68吨尘埃。而且在安装、芬芳、优美、幽深的森林环境中,人们的嗅觉、听觉和思维活动的灵敏性可得到增强。大森林中还含有大量的"空气维生素"——负离子,它可以改善机体神经系统功能,促进人体新陈代谢,提高机体免疫能力,间接治疗高血压、神经衰弱、心脏病、呼吸道疾病等。

48 交朋友

◆休伯特·凯利

"怎么了,鲍勃?"妈妈问,"你为什么那么不高兴?"

"没人跟我玩。"鲍勃说,"我真希望我们还是住在盐湖城没有搬来。我在那儿有朋友。"

"在这儿,你很快会交上朋友的。"妈妈说,"等着瞧吧!"

就在这时,响起了轻轻的敲门声。米勒太太打开门。门口站着一位红发妇女。

"你好,"她说,"我是凯里太太,住在隔壁。"

"进来吧,"米勒太太说,"我和鲍勃都很高兴你来。"

"我来借两个鸡蛋。"凯里太太说,"我想烤个蛋糕。"

"我可以借给你,"米勒太太说,"别着急,请坐一坐,我们喝点咖啡,说会儿话吧。"

那天下午,又有人敲门。米勒太太打开门。

门外站着一个满头红发的男孩。

"我叫汤姆·凯里。"他说,"我妈妈送你这个蛋糕,还有这两个鸡蛋。"

"哎呀,谢谢,汤姆。"米勒太太说,"进来吧,和鲍勃认识认识。"

汤姆和鲍勃差不多一样年龄。不一会儿,他们吃起了蛋糕,喝着牛奶。

鲍勃问:"你能待在这儿跟我玩吗?"

汤姆说:"可以,我能待一个小时。"

"那么,我们打球吧。"鲍勃说,"我的狗也想跟着一起玩。"

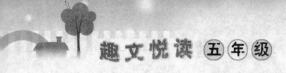

趣文悦读 五年级

汤姆发现跟狗特里克斯一起玩很有意思。他自己没有狗。

"我很高兴你住在隔壁。"鲍勃说,"现在有人跟我玩了。"

"妈妈说我们很快会成为好朋友的。"汤姆回答说。

鲍勃说:"我很高兴你妈妈需要两个鸡蛋。"

汤姆笑了。

"她并不是真的需要鸡蛋,"汤姆说,"她只是想跟你妈妈交朋友!"

 趣点直击

两个鸡蛋竟搭起了两个家庭的友谊之桥!真有意思。在没有朋友的时候,请伸出自己的真诚之手,也许那只来握你的手也同样温暖而充满情谊呢。读这篇文章,你应该也发出这样的感慨吧。

悦读优练

一、辨字组词。

勒(　　)　搬(　　)　糕(　　)　待(　　)　壁(　　)
勤(　　)　般(　　)　羔(　　)　侍(　　)　璧(　　)

二、你从下面加点的词语中读出了什么?

1. 就在这时,响起了轻轻的敲门声。

2. 汤姆和鲍勃差不多一样年龄。

三、本文的题目是"交朋友",是谁和谁交朋友呢?是怎样交朋友的?

四、结尾处"汤姆笑了",汤姆为什么笑?

五、想象一下:结尾处鲍勃听了汤姆的话会说什么呢?写一写。

六、你知道哪些有关友谊的名句?写几句试试。

关·于·友·情·的·名·句

一个篱笆三个桩,一个好汉三个帮。　　　　　　　　　——中国谚语

路遥知马力,日久见人心。　　　　　　　　　　　　——中国谚语

友情在我过去的生活里就像一盏明灯,照彻了我的灵魂,使我的生存有了一点点光彩。　　　　　　　　　　　　　　　　　　　　　　　　　　　——巴金

友谊永远是美德的辅佐,不是罪恶的助手。　　　　　　——西塞罗

谁要在世界上遇到过一次友爱的心,体会过肝胆相照的境界,就是尝到了天上人间的欢乐。　　　　　　　　　　　　　　　　　　　　　　　　　——外国谚语

真正的朋友,是一个灵魂孕育在两个躯体里。　　　　　——亚里士多德

真实的十分理智的友谊是人生最美好的无价之宝。　　　——高尔基

友谊像清晨的雾一样纯洁,奉承并不能得到友谊,友谊只能用忠实去巩固它。
　　　　　　　　　　　　　　　　　　　　　　　　　　　——马克思

有很多良友,胜于有很多财富。　　　　　　　　　　　——莎士比亚

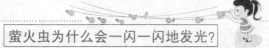

萤火虫为什么会一闪一闪地发光?

　　萤火虫的光有的黄绿,有的橙红,亮度也各不相同。它们发光的部分是在腹部最后两节。这两节在白天是灰白色的,在黑夜才能发出光亮。光是通过透明的表皮而发出的。表皮下面是一些能发光的细胞。发光细胞的下面是另一些能发射光线的细胞,其中充满着小颗粒,称为线粒体。线粒体能把身体里所吸收的养分氧化,合成某种含有能量的特质。发光细胞还含有两种特别的成分:一种叫做荧光素,一种叫做荧光酶。荧光素和含能量的物质结合,在有氧气时,受荧光酶的催化作用,使化学能转化为光能,于是产生光亮。萤火虫常常一闪一闪地发光,是因为它能控制对发光细胞的氧气供应的缘故。

49 青蛙卖泥塘

季　颖

　　青蛙住在烂泥塘里。它觉得这儿不怎么样,就想把泥塘卖掉,换几个钱,搬到城里去住。于是,青蛙在泥塘边竖起一块牌子,写上:"卖泥塘!"

　　"卖泥塘嘞,卖泥塘!"青蛙站在牌子下大声吆喝起来。

　　一头老牛走过来。它看了看泥塘说:"嗯,这个水坑坑嘛,在里边打打滚儿倒挺舒服。不过,要是周围有些草就好了。"

　　老牛不想买泥塘,走了。

　　青蛙想,要是在泥塘周围种些草,就能卖出去了。于是,它就去采集草籽,播撒在泥塘周围的地上。

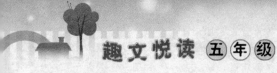

到了春天,泥塘周围长出了绿莹莹的小草。青蛙又站在牌子下面,大声吆喝起来:"卖泥塘嘞,卖泥塘!"

一只野鸭飞来了,它看了看泥塘说:"嗯,这地方是好,就是塘里的水太少了。"

野鸭没有买泥塘,飞走了。

青蛙想,要是能往泥塘里引些水,就能卖出去了。于是,它跑到周围的山里找到泉水,又砍倒了竹子,把竹子破开,一根一根接成水管,用它们把水引到自己的泥塘里来。

等泥塘里灌足水以后,青蛙又站在牌子下,大声吆喝起来:"卖泥塘嘞,卖泥塘!"可是它的泥塘还是没能卖出去。

小鸟飞来说,这里缺点儿树;蝴蝶飞来说,这里缺点儿花;小兔跑来说,这里还缺条路;小猴跑来说,这儿应该盖所房子;小狐狸说……每次听了小动物们的话,青蛙都想:对!对!要是那样的话,泥塘准能卖出去。于是,它照着它们的话去做,栽了树、种了花、修了路,还在泥塘旁边盖了房子。

"卖泥塘嘞,卖泥塘!"有一天,青蛙又站在牌子下吆喝起来,"多好的地方!有树、有花、有草、有水,你可以看蝴蝶在花丛中飞舞,听小鸟在树上唱歌;你可以在水里尽情游泳,躺在草地上晒太阳。这儿有道路通到城里……"说到这里,青蛙突然愣住了。它想,这么好的地方,自己住挺好的,为什么要卖掉呢?

于是青蛙不再卖泥塘了。

趣点直击

这篇童话中的青蛙,开始不喜欢自己住的泥塘,准备卖掉它。为了卖掉泥塘,它进行了很多改善泥塘的工作,结果却发现自己住的泥塘太好了,不舍得卖掉了。这个故事启示我们,身边的美好的环境是由我们自己创造的。

悦读优练

一、比一比,组词。

塘（ 　　 ） 　买（ 　　 ） 　竖（ 　　 ） 　采（ 　　 ）
糖（ 　　 ） 　卖（ 　　 ） 　坚（ 　　 ） 　彩（ 　　 ）

籽（ 　　 ） 　莹（ 　　 ） 　灌（ 　　 ） 　蝶（ 　　 ）
仔（ 　　 ） 　营（ 　　 ） 　罐（ 　　 ） 　碟（ 　　 ）

二、下面句中加点的词语能否调换位置,为什么?

1. 它跑到周围的山里找到泉水,又砍倒了竹子,把竹子破开,一根一根接成水管,用它们把水引到自己的泥塘里来。

2. 它照着它们的话去做,栽了树、种了花、修了路,还在泥塘旁边盖了房子。

三、写几句话补出文中倒数第二段省略号省略的内容。

_____
_____

四、青蛙听了哪些动物的建议？

_____
_____

五、青蛙为什么又不卖泥塘了呢？

_____
_____

六、你读了这个故事，得到什么启示？

_____
_____
_____

 **快乐积累**   思·念·家·乡·的·小·诗

除 夜 作	**归 家**
（唐）高适	（唐）杜牧
旅馆寒灯独不眠，客心何事转凄然。	稚子牵衣问，归来何太迟？
故乡今夜思千里，霜鬓明朝又一年。	共谁争岁月，赢得鬓边丝？

畅游百科

为什么青蛙喜欢在雨天呱呱叫？

青蛙同时用肺和皮肤来呼吸。如果天气持续干燥，青蛙的皮肤就会因为过度干燥而无法呼吸，因此一到下雨天，青蛙就会现身让皮肤尽情呼吸。青蛙把空气吸进声囊，让声囊膨胀而发出响亮的声音。不过只有雄性青蛙有声囊，因此夏天夜晚常听到的青蛙叫声，其实都是雄性青蛙的声音。雄性青蛙膨胀声囊发出叫声，除了可补充呼吸之外，还能用来引诱雌性青蛙进行交配。雄性青蛙的声囊扩张得越大、发出的声音就越大。

 **50 没有路的路**

◆崔鹤同

墨西哥城是世界上交通最拥挤的都市之一。当地政府决定加大投入，建设更多的公路以缓解行路之难，但当干线公路由原来的 8 条增加到 14 条时，道路反而显得越来越拥挤。

趣文悦读 **五年级**

韩国的汉城(如今叫首尔)有一条清溪川。20 世纪 60 年代,清溪川是一条清澈幽静的河流。很可惜,后来被污染了,河水浑浊不堪,臭气冲天。于是,当地政府就把这条河加上"盖子",封死了,下面是排污河,上面成了一条路。20 年以后,这里的交通越来越拥挤,为了缓解日益拥挤的交通,清溪川被改建成了一条高速路。几年之后,这里的交通又变得拥挤不堪,于是政府不得不又在这条高速路上另建了一条新的高速路。然而,似乎杯水车薪,这两条高速路建成之后,这个区域变得更加拥挤。

首尔市新市长上任后,为了解决清溪地区的交通问题,提出了一个大胆的设想:能否拆除这两条高速路。当时,几乎所有的人都反对这种做法,认为拆除后交通必然会更加恶化。

但是,奇迹出现了:在花费了 5 亿美元,真正拆除这两条高速路,并恢复清溪川河流的面目以后,整个城市的生态得到了很大的改善,交通的状况反而变得更好了。因为光天化日之下的清溪川,人们不会再去肆意污染它,高速路没了,车辆分流了,拥挤当然也就不复存在。

当年的首尔市市长李明博,被世人誉称为"铲除贫穷的推土机"。他于 2007 年 12 月 19 日在总统选举投票中以压倒性优势当选韩国新一任总统,并于 2008 年 2 月 25 日就任总统。

真的,有时没有路的路,是一条好路。

越修路越没有路走,这是多么令人费解的事情!当这样的事情发生在韩国的时候,当时的首尔市长李明博,却用"拆"路的方法解决了困惑人们的难题,事情就是这样奇妙地变化着,李明博还由此赢得了总统选举的选票呢!这件事情也给我们解决问题提供了一种新的思路。

一、给下面的词语选择正确的读音。

都(dū dōu)市　　　　　干(gān gàn)线

恶(è ě)化　　　　　更(gēng gèng)好

没(méi mò)有　　　　　就任(rén rèn)

二、根据语境解释句中加点的词。

1. 光天化日之下的清溪川,人们不会再去肆意(　　　)污染它。

2. 车辆分流了,拥挤当然也就不复(　　　)存在。

3. 为了缓解(　　　)日益拥挤的交通,清溪川被改建成了一条高速路。

4. 河水被污染了,浑浊不堪。(　　　)

三、填空。

"铲除贫穷的推土机"运用了_____的修辞手法,在文中指的人物是_____,这样比喻的原因是_____。

四、比较下面两个句子,说说它们在语意和语气上有什么不同?

1. 于是政府不得不又在这条高速路上另建了一条新的高速路。

2. 于是政府只好在这条高速路上另建了一条新的高速路。

_____

_____

_____

五、为了解决首尔的交通问题,人们做了些什么?

_____

_____

_____

六、你认为要解决当前交通拥挤的问题,应当从哪些方面努力,写下你的看法。

_____

_____

_____

——宋璞

　　我特别喜欢月光下的夹竹桃。你站在它下面,花朵是一团模糊;但是香气却毫不含糊,浓浓烈烈地从花枝上袭了下来。它把影子投到墙上,叶影参差,花影迷离,可以引起我许多幻想。我幻想它是地图,它居然就是地图了。这一堆影子是亚洲,那一堆影子是非洲,中间空白的地方是大海。碰巧有几只小虫子爬过,这就是远渡重洋的海轮。我幻想它是水中的荇藻,我眼前就真的展现出一个小池塘。夜蛾飞过映在墙上的影子就是游鱼。我幻想它是一幅墨竹,我就真看到一幅画。微风乍起,叶影吹动,这一幅画竟变成活画了。

交通信号灯为什么是红、黄、绿色的?

　　红光的穿透力最强,在大雾天或夜晚很远就能看到,黄光其次。而且红色是国际通行的危险颜色,看到这个颜色除了兴奋外,就是紧张,因此用作禁止通行的信号灯,容易引起驾驶员的警觉。

　　绿色是大自然的颜色,也是一种能使人有安全感的颜色。看到这种颜色,能使人有回归自然、放松、安全的感觉。因此采用绿色表示交通放行使人有一种安全感。

　　黄色是中性颜色,介于红色和绿色之间,用于交通中的转换信号,顺理成章。

第十二单元

探索未知世界

51 水也有思想情感

日本一位博士从水的结构变化实验中,证明了人类的思想及情感是可以改变水分子的结构的。这是首次由科学实验证明出思想的力量可以改变我们体内与周围的世界。

自 1994 年起,博士便从各种水源中采取水样本,再冻结水样本中的若干水滴,然后在暗室中的显微镜下观察它们,并拍摄存证。首先他采取了日本某个纯净水源进行了实验,所拍摄的照片显示出美丽的结晶形状。接着又以附近受到污染的河水重复进行了同样的实验,得到的结晶图案不但污浊肮脏,而且也没什么美丽形状可言。出于好奇心的驱使,他请教堂里的牧师为这个受到污染的水样本祈祷,并重复了此项实验,令人惊讶的是,这次出现了另一个美丽的结晶图案。这些实验被重复做了许多次,得到的结果都是一样的。

博士又将水的样本放在不同类型的音乐背景之下,古典音乐总是让水分子呈现出漂亮的结晶形态,可是放在重金属摇滚乐下的水,其水分子结晶就扭曲变形为污浊形态,原本正常结晶所保持的微妙平衡状态似乎被这种音乐破坏了。

博士继续进行这个实验,这次他在纸上写了一些字,然后贴在一个装有水的干净玻璃容器上,再观察容器内的水分子是否会发生什么变化。他先写了一些像"爱"、"谢谢"这类肯定的话,每次看到的都是美丽细致的结晶形态。然后又写了"你使我不快,我会杀了你"之类的话,结果每次看到的都是受惊扭曲的形态。他甚至用了"甘地"、"德蕾莎修女"、"希特勒"这些人的名字做过实验,肯定与否定所产生的结果导致水分子的变化产生出全然不同的形态。

他很快了解到万物都是有生命的,并且具有振动频率——一种共振磁场,这正是创造宇宙万物的能量源头,他甚至可以用磁共振分析仪来测量它。

博士在经过多次实验之后,发现最具肯定力量的思想组合是"爱"与"感恩"。

这项发现之所以如此令人惊奇,是因为在我们居住的星球上,水所覆盖的面积远远超过陆地,而且水在人体内也占了大部分的比率。所以,如果只要借着发出肯定的思想,我们就有力量改变造成我们人体的这个介质(水)的结构,那么我们不仅可以借着每个肯定的思想来恢复自己的健康,同时也可以让我们周围的每个人恢复健康,甚至也可以利用这种方式来修复地球,让我们的思想与情感永远保持肯定,心中长存善念与感恩,长存爱与祝福,进而来帮助自己和这个世界。

趣点直击

人有七情六欲,水也有思想情感? 科学家们通过多次实践,发现了造物主赋予"水"的神奇的力量,它会在和谐、美好的环境中呈现出美丽的结晶,而在不良的环境中则是扭曲变形的! 万物皆有灵性,皆以生命的不同形式存在,多么奇妙呀!

悦读优练

一、看拼音,写词语。

qí dǎo　　jīng yà　　qū shǐ　　jié jīng　　cè liáng

(　　)　　(　　)　　(　　)　　(　　)　　(　　)

pāi shè　　píng héng　　wū zhuó　　gǎn ēn　　shàn niàn

(　　)　　(　　)　　(　　)　　(　　)　　(　　)

二、你能用"水"组几个词? 写一写。

_____

_____

三、填空。

1. 本文的题目是一个_____句,这样拟题的好处是_____。

2. 博士对"水"的结构进行实验的目的是_____。他发现____
_____。这一发现在现实生活中的定义是_____
_____。

四、填上合适的关联词。

1. 博士以附近受到污染的河水进行实验,得到的结晶图案_____污浊肮脏,_____也没什么美丽形状可言。

2. 这项发现_____如此令人惊奇,_____在我们居住的星球上,水所覆盖的面积远远超过陆地,_____水在人体内也占了大部分的比率。

3. _____只要借着发出肯定的思想,我们就有力量改变造成我们人体的这个介质(水)的结构,_____我们不仅可以借着每个肯定的思想来恢复自己的健康,_____也可以让我们周遭的每个人恢复健康。

五、续写几句话。

泉水在山中浅吟低唱

瀑布冲下山岩,激起欢乐的浪花

_____

_____

_____

_____

快乐积累

与·水·有·关·的·词·语

饮水思源	逆水行舟	流水不腐	细水长流	顺水推舟	浑水摸鱼	萍水相逢
覆水难收	车水马龙	似水流年	万水千山	滴水成冰	滴水穿石	杯水车薪
山清水秀	山穷水尽	山重水复	火耕水耨	山高水低	风起水涌	木本水源
镜花水月	高山水长	金沙水拍	如鱼得水	一衣带水	高山流水	一潭死水
巴山楚水	行云流水	望穿秋水	拖泥带水	穷山恶水	落花流水	跋山涉水
蜻蜓点水	蛟龙得水	双瞳剪水，以石投水				

畅游百科

一个人每天喝多少水合适呢？

人的体液占体重的 $55\% \sim 60\%$，可以分为细胞外液（占 15%）和细胞内液（占 $40\% \sim 45\%$）。人体重的一半以上是水分。血液的 80%、器官的 $70\% \sim 80\%$ 是水分，就连坚硬的骨头也含有 $10\% \sim 40\%$ 的水分。如果不适当地补充水分，体内水分就会因排尿和出汗而迅速减少，进而引发脱水症状。一个人每天排尿要排掉 $1000 \sim 1500$ 毫升水分，排便要排掉 $100 \sim 200$ 毫升水分，出汗要排掉 $600 \sim 700$ 毫升水分，肺呼吸要排掉 300 毫升水分，就是说至少要排掉 2000 毫升水分。因此，一个人一天至少要补充 2000 毫升水分。每天最好饮用两升水。补充水分的最佳方法不是喝饮料，而是喝真正的水。

52 海底玻璃之谜

◆ 月 牙

我们每天都要与各种各样的玻璃制品打交道，如玻璃杯、玻璃灯管、玻璃窗户等等。普通的玻璃，以花岗岩风化而成的硅砂为原料，在高温下熔化，经过成型、冷却后便成为我们所需要的玻璃制品了。

然而，在很难找到花岗岩的大西洋深海海底，居然也发现了许多体积巨大的玻璃块，这真是一件非常奇怪的事。

为了解开这个海底玻璃之谜，英国曼彻斯特大学的科学家们进行了多方面的分析和研究。

首先，这些玻璃块不可能是人工制造以后扔到深海里去的，因为它们的体积巨大，远非人工所能制造。

有些学者认为，这种玻璃的形成，有可能是海底玄武岩受到高压后，同海水中的某些物质发生一种未知的作用，生成了某种胶凝体，从而最终演变为玻璃。如果这真是属实的话，今后的玻璃生产就可以大大改观了。现在我们制造一块最普通的玻璃，都需要 $1400 \sim 1500$ 摄氏度的高温，而熔化炉所用的耐火材料受到高温玻璃熔液的剧烈侵蚀后，产生有害气体，影响工人的健康。假如能用高压代替高温，将会彻底改变这种状况。

由于这个设想，有些化学家把发现海底玻璃地区的深海底的花岗岩放在实验室的海水匣里,加压至 400 个大气压力,结果是根本没有形成什么玻璃。那么,奇怪的海底玻璃到底是怎样形成的呢? 迄今仍然是一个未能解开的自然之谜。

趣点直击

在很难找到花岗岩的大西洋深海海底,居然有许多体积巨大的玻璃块! 这奇特的玻璃块是如何形成的呢? 却是一个未解之谜。不过,这也带给人无尽的想象和探索空间,引发科学家不断的试验。我们相信,总有一天,这个自然之谜会解开的。

悦读优练

一、比一比,组词。

　　玻(　　)　熔(　　)　扔(　　)　胶(　　)

　　波(　　)　溶(　　)　奶(　　)　姣(　　)

二、说说下面加点词语在表达上的作用。

　　1. 在很难找到花岗岩的大西洋深海海底,居然也发现了许多体积巨大的玻璃块。

_____

　　2. 化学家把发现海底玻璃地区的深海底的花岗岩放在实验室的海水匣里,加压至 400 个大气压力,结果是根本没有形成什么玻璃。

_____

三、从本文的介绍看,一块普通的玻璃是怎样制成的?

_____

_____

四、对于海底玻璃,人们有哪些猜想?

_____

_____

五、文中画线的句子运用了什么说明方法? 你能运用这种说明方法也写一个句子吗?

_____

_____

_____

六、你知道玻璃的哪些用途? 写一写。

_____

_____

_____

快乐积累

含·比·喻·的·词·语

人山人海	如痴如醉	如花如锦	如花似玉	如火如荼	如饥似渴
如胶似漆	如履平地	如狼似虎	如泣如诉	洞若观火	柔情似水
恩重如山	健壮如牛	胆小如鼠	大巧若拙	大智若愚	如花似玉
前程似锦	如获至宝	如隔三秋	如出一辙	明月如盘	繁花似锦
往事如烟	月光如水	浩如烟海	呆若木鸡	狼心狗肺	寥若晨星

玻璃上的花纹是怎样"刻"出来的？

化学实验室里有一种会"啃"玻璃的化学物质，一旦玻璃制品和它接触，轻的去掉一层表皮，重的甚至会被整个儿"吃掉"。这个吃玻璃的"怪物"就是氢氟酸，它是人们刻蚀玻璃的好帮手。在玻璃制品的表面，先均匀地涂上一层致密的石蜡，然后小心地用工具在蜡层上刻画图案或刻度，使要雕刻部分的玻璃露出来。然后把适量的氢氟酸涂在没有蜡层的表面上，氢氟遇到上裸露的玻璃，就会把玻璃"啃"去一层。最后把石蜡去降，玻璃器皿上也就雕出各种各样的花纹来了。

53 神秘的"无底洞"

地球上是否真的存在"无底洞"？按说地球是圆的，由地壳、地幔和地核三层组成，真正的"无底洞"是不应存在的，我们所看到的各种山洞、裂口、裂缝，甚至火山口也都只是地壳浅部的一种现象。然而中国一些古籍却多次提到海外有个神秘莫测的无底洞。事实上地球上确实有这样一个"无底洞"。

它位于希腊亚各斯古城的海滨。由于濒临大海，大涨潮时，汹涌的海水便会排山倒海般地涌入洞中，形成一股湍湍的急流。据测，每天流入洞内的海水量达 3 万多吨。奇怪的是，如此大量的海水灌入洞中，却从来没有把洞灌满。曾有人怀疑，这个"无底洞"会不会就像石灰岩地区的漏斗、竖井、落水洞一类的地形。然而从 20 世纪 30 年代以来，人们就作了多种努力企图寻找它的出口，却都是枉费心机。

为了揭开这个秘密，1958 年美国地理学会派出一支考察队，他们把一种经久不变的带色染料溶解在海水中，观察染料如何随着海水一起沉下去。接着又察看了附近海面以及岛上的河、湖，满怀希望地寻找这种带颜色的水，结果令人失望。难道是海水量太大把有色水稀释得太淡，以致无法发现吗？

几年后他们又进行了新的试验，他们制造了一种浅玫瑰色的塑料小颗粒。这是一种比水略轻、能浮在水中不沉底，又不会被水溶解的塑料粒子。他们把 130 千克重的这种肩负特殊使命的物质，统统掷入到打旋的海水里。片刻工夫，所有的小塑料粒子就像一个整体，全部被无底洞吞没。他们设想，只要有一粒在另外的地方冒出来，就可以找到"无底洞"的出口了。然而，发动了数以百计的人，在各地水域整整搜寻了一年多以后，他们仍一无所获。

至今谁也不知道为什么这里的海水会没完没了地"漏"下去，这个"无底洞"的出口又在哪里，每天大量的海水究竟都流到哪里去了。

趣点直击

世界上真有这样神奇的"无底洞"吗？只见排山倒海的海水涌入洞中，却怎么也找不到"吐水"的地方，我们也多么想知道"无底洞"的秘密啊！真希望科考人员早点儿揭开"无底洞"神秘的面纱。

悦读优练

一、给加点字选择正确的读音。

打旋 ﹤ xuán / xuàn　　吞没 ﹤ méi / mò　　涨潮 ﹤ zhǎng / zhàng

裂缝 ﹤ féng / fèng　　地壳 ﹤ ké / qiào　　曾经 ﹤ céng / zēng

二、从文中找出两对意义相反的词，写在下面。

_____

三、根据语境，解释词语。

1. 枉费心机_____

2. 一无所获_____

四、比一比，下面两个句子的语气有什么不同？

1. 难道是海水量太大把有色水稀释得太淡，以致无法发现？

2. 难道不是海水量太大把有色水稀释得太淡，以致无法发现吗？

_____

五、填空。

1. 地球由_____、_____、_____组成，大致呈_____形。

2. "无底洞"位于_____，它被称为"无底洞"的原因是_____

_____

六、查查资料，了解"无底洞"，然后对"无底洞"的有关情况说说自己的见解。

_____

_____

_____

_____

 快乐积累

 描·写·山·的·词·语

峰峦雄伟	峰峦叠嶂	奇峰罗列	连绵起伏	千峰万仞	危峰兀立
拔地而起	奇峰突兀	怪石嶙峋	重峦叠嶂	孤峰突起	山寒水冷
名山大川	江山如画	千山万壑	青山不老	青山绿水	漫山遍野
山雨欲来	山明水秀	山遥水远	山高水长	水光山色	悬崖绝壁

 畅游百科

百慕大"魔鬼三角洲"的猜想

（1）磁场说。在百慕大三角出现的各种奇异事件中，罗盘失灵是最常发生的。这使人把它和地磁异常联系在一起。地磁异常容易造成罗盘失误而使轮船迷航。还有一种看法认为，百慕大三角海域的海底有巨大的磁场，它能造成罗盘和仪表失灵。

（2）黑洞说。黑洞是指天体中那些晚期恒星所具有的高磁场超密度的聚吸现象。它虽看不见，却能吞噬一切物质。

（3）次声说。声音产生于物体的振荡。人所能听到的声音之所以有低浑、尖脆之分，这是由于物体不同的振荡频率所致。频率低于20次/秒的声音是人的耳朵听不见的次声。次声虽听不见，却有极强的破坏力。百慕大海域地形的复杂性，加剧了次声的产生及其强度。

可惜，这些仅仅是假说而已，而且，每一种假说只能解释某种现象，而无法彻底解开百慕大之谜。何况，除了飞机和船只无端失踪之外，百慕大海底和海面还有一些令人难以置信的怪事呢！

---

54 一个美女四个肾

亚 龙

正常的人拥有两个肾，一般来说，当其中一个肾失去功能时，另一个肾还可工作，因而从理论上讲，人只需一个肾就足够了。但最近在英国，却有一个拥有四个肾的女孩，她一被发现就成了新闻人物。劳拉·莫恩是一个美丽的18岁姑娘，她平常一直生活在英国中部的一个小城里。去年底，她遭遇了一次不算很严重的撞车事故，此后她一直感到腹部有点不适，于是，便来到医院做检查。

医生为她做了超声波检测，医生用仪器在她的腰腹部和背部停留了很久，然后站起来用一种怪异的眼光看着劳拉，正当劳拉担心会有什么不好的消息时，医生笑着说："你有四个肾！"

劳拉惊讶不已，长这么大，劳拉还是第一次听说自己有四个肾。医生随后向劳拉解释说："这四个肾都健康完好，而且不会对身体造成任何伤害。"

巧合的是，当劳拉被检测出有四个肾时，劳拉的一个姑妈也刚刚被发现拥有三个肾。看来，劳拉的多肾现象可能是家族性的。

得知自己拥有四个肾后，劳拉兴奋不已，她立即向媒体宣布："上帝给了我四个肾，我用不

了那么多,我愿意将自己多余的两个肾捐献出来拯救他人的生命。"

劳拉的父母也非常支持女儿的义举,目前,拥有四个肾的劳拉已被当地民众推举为爱心天使。

趣点直击

多么幸运啊! 一般人只有两个肾,而美丽的劳拉却拥有四个健康完好的肾! 为什么会出现这样神奇的现象呢? 原来,是遗传的作用。更为可贵的是,劳拉愿意把自己多出的两个肾捐给需要的人。美丽的女孩,美丽的心灵!

悦读优练

一、辨字组词。

　　肾(　　)贤(　　)　释(　　)译(　　)　建(　　)健(　　)

　　已(　　)己(　　)　拯(　　)蒸(　　)　媒(　　)煤(　　)

二、说说下面各句中"足"的意思。

　　1. 从理论上讲,人只需一个肾就足够了。(　　　)

　　2. 自己动手,丰衣足食。(　　　)

　　3. 小明和小兵去玩足球了。(　　　)

　　4. 大白鹅吃饱了,才心满意足地踱开去。(　　　)

三、下面句中加点的词能否去掉? 为什么?

　　1. 这4个肾都健康完好,而且不会对她的身体造成任何伤害。

　　_____

　　2. 看来,劳拉的多肾现象可能是家族性的。

　　_____

四、填空。

　　1. 文中的"巧合"指的是_____

　　2. 文中的"义举"指的是_____

　　3. 劳拉被人们推举为"爱心天使"是因为_____

五、医生在给劳拉检查身体时,有哪些"不寻常"的表现? 哪两个词写出了劳拉的情绪变化?

　　_____

　　_____

　　_____

六、对文中的劳拉,你想说什么?请你给她写一封短信。

_____

_____

_____

_____

与·人·体·有·关·的·词·语

抓耳挠腮	耳聪目明	如雷贯耳	洗耳恭听	掩耳盗铃	言犹在耳	耳熟能详
耳濡目染	油嘴滑舌	张口结舌	齿亡舌存	胸有成竹	胸无点墨	顿足捶胸
信口雌黄	有口无心	目瞪口呆	心服口服	心悦诚服	骨鲠在喉	眼疾手快
嗤之以鼻	仰人鼻息	品头论足	捷足先登	肝胆相照	沥胆披肝	肝脑涂地
感人肺腑	左膀右臂	得力助手	十指连心			

脑袋大的人一定聪明吗?

　　在动物世界中,类人猿的智力名列前茅,但它们的脑重远远不及人类。不过在脑子重量上,人也不是首屈一指的,鲸和象的脑子就比人重好几倍,而它们的智力远不如人类。前苏联人类学家用一个指数来表示脑的发达程度:指数越大,脑越发达。经测定,人类的指数要远远高于所有动物。当然,这不是说脑袋大就一定聪明。事实上,人的大脑中有许多沟回增加了大脑皮层的面积,增加了大脑皮层的细胞数量。所以,脑袋小不一定大脑细胞少,脑袋大也不一定大脑细胞多,更何况人的聪明才智,在很大程度上取决于他所受到的教育和训练。

部分参考答案

第一单元 感受童真童趣

1 他们是玩真的

一、1. ①从事 ②副词 ③完成

2. ①放,扔 ②遗失 ③失去

二、一个 10 岁的小学生发现,在他这一生中数学是最难的功课。

三、1. "直接",变化:不再贪玩。

2. "冲",不已:不止的意思。

3. 放学后径直去房间学习。

四、他误以为十字架上的耶稣就是对数学不好的人的惩罚,因此下决心努力学习。

2 湖上行走

三、1. 指"在湖上行走"。

2. 10 岁这天。

3. 去湖上行走。

四、第 2 段,第 6 段,第 7 段

3 "我有六个……"

五、1. "默默地"说明米童在竭力控制自己的情绪,他的"脾气"确实好。

2. "远远地"说明他已忍无可忍了。

3. "差点昏过去"形容六个捣蛋鬼恼怒的程度,充分表现出米童的聪明。

4 球星马嘴

三、为"马嘴"的出场作铺垫,暗示马嘴是一位"不一样"的球员。

四、他抱怨老爸没有给儿子足够的零花钱;老爸逼儿子学习到深夜;老爸只关心儿子的分数。

五、表现非常勇敢。

5 播种希望

三、一只小鸟在枝头上唱歌。

四、"那天下午……一片泥浆。"

五、在爷爷的心里,始终是充满希望的,他想把自己对生活的信念也告诉孙子。

第二单元 走进童话世界

6 小耗子长途旅行记

三、他认为自己游过了大海,跳过了小丘,分开了两头斗架的熊。

四、"叹了口气","伤心地哭"。

五、因为小耗子明白了自己并不是最有力量,最灵巧,最勇敢的,奶奶的笑是理解的笑,宽容的笑。

7 征友启事

四、旧的"征友启事"对朋友要求太多太全,难倒了动物们;新的"征友启事"只对朋友提出了一部分要求,引来了动物们。

8 在牛肚子里旅行

四、牛有四个胃,前三个胃是贮藏食物的,第四个胃是消化食物的。

五、1 2

9 挑战飞机的蜻蜓

四、他投入了所有的精力,进行长期刻苦的训练。

10 捣蛋鬼杰姆

四、他镇定自若,将歹徒引入死胡口再机智脱身,救出父母,成功报警。

第三单元 倾听天籁之音

11 翠绿色的歌

四、1. 对蝈蝈的喜欢之情。

2. 又欢喜又恼怒的复杂心情。

3. 对残余蝈蝈的后悔之情。

五、蝈蝈本身是翠绿色的,它又生活在翠绿的田野,它欢快的歌声带来田野的气息。

12 春天的小雨滴滴滴

二、"更多"、"打"具有力量感,更突出雨声的清脆与动听。

三、1. 排比,描绘出打在不同地方的雨声组成了一首交响乐。

2. 比喻,描述声音的美妙动人。

3. 拟人,表现雨声的作用。

13 树木"音乐家"

三、拟人。蒲甘笛树,风铃树,捷奈达树,莫尔纳尔蒂。

14 大自然的口哨

四、轻松、快乐、悠闲的情感

五、珍惜现在的美好生活,及早勤奋,才会有收获。

15 你一定会听见的

四、1. 排比　2. 比喻　3. 拟人

五、1. 聪明的人善于汲取对自己有用的东西而避开对自己有害的东西。

2. 在聆听中感受声音的美好,体会快乐,并用自己的快乐感染别人。

第四单元　共享一片蓝天

16 马蒂有只小羊羔

三、亨利虽然是只吃草的羊,却可以看家。

五、开始还只有一点儿喜欢动物,后来喜爱动物的感情更强烈了。

17 父亲、树林和鸟

四、反衬"父亲"爱鸟的感情之深。

五、"父亲一生最喜欢树林和歌唱的鸟"。

18 松鼠的山核桃

五、1. 惊喜的语气。

2. 赞许之后的疑问。

3. 惋惜之情。

19 躲进耳朵的麻雀

五、麻雀的叫声深深地留在了童年的记忆里,令"我"时时回想。

第五单元　瞭望海的那边

20 爱管闲事的丹麦人

二、1. 表现自由的程度。

2. 表现他们在环境保护的事情上的认真与执著。

3. 表现狐狸的顽皮。

三、1. 没有心计和城府

2. 含蓄的方式说或做

3. 敷衍

4. 推脱责任

5. 起反作用

6. 骄傲自大

21 再富也要"穷"孩子

二、"富"指物质生活的充裕;"穷"指少给帮助,少给物质。

五、与其让他们那时面对挫折惶惑无助,还不如让他们从小摔摔打打,"穷"出直面人生的能力和本事。

22 警察和小孩

三、1. 说明小镇无论哪家商店都讲诚信。

2. 表现加拿大公民的友善。

四、1. 把警车比作三色冰淇淋。

2. 把车顶比作儿童游乐场。

23 倒垃圾中奖

三、倒垃圾有限制;倒垃圾可抽奖。

24 新西兰:小偷的天堂

四、1. 两个小时很长,溜是游走的意思。这个句子说明新西兰警察的悠闲。

2. "两天内"指时间长,说明警察对抓小偷的事不放在心上,对小偷很宽容。

第六单元　品味甜蜜亲情

25 爱的标记

六、"拷贝"指记住;"下载"指积累;"内存"指父母记住的孩子们的资料。

26 我喜欢咱们一起过

四、1. 孩子非常担忧。

2. 对妈妈的依恋。

3. 急切,非常担心爸爸孤单。

27 寻人启事

二、1. 茫然　2. 怅然　3. 欣然　4. 悠然　5. 巍然

6. 毅然　7. 愕然　8. 庞然

三、1. 心情很复杂,很难受。

2. 对过去的怀念。

28 我降生那天的奇迹

四、因为它表现了父亲对"我"的深爱。

第七单元　欣赏他人智慧

29 唐家寺的雨伞

二、1. ①竹子长节的地方　②骨头相连的地方

2. ①便利　②大小便

3. ①半辈子　②没有熟

30 宴会上的洗手水

二、1. 鲜为人知

2. 目瞪口呆

3. 神色自若

四、1. 表示特定称谓；

2. 表示特殊含义。

31 鲍叔牙设席戏管仲

三、不一样，1. 是疑问句，2. 和 3. 是反问句。

32 四条腿的动物

三、1. 指全部四条腿的动物。

2. 指兔子。

3. 指买来兔子这件事。

33 本领高强的小偷

四、三个回合：第一次是拿到鸡生下的蛋又不被母鸡发现；第二次是牵走挂着铃铛的山羊；第三次是拿走睡觉时父亲床上的被单。

五、他们的父亲不再偷东西了，每天去种地，辛勤地干活。

第八单元　奏响爱的乐章

34 我们都愿意爱他

四、"惊讶"、"疑惑"、"猛然无语"、"迷惑、惊诧与错愕"。

五、第二、三自然段；第四自然段。

35 八岁的圣诞老人

三、1. 动作描写。急于得到答案的心情。

2. 语言描写。自豪与害羞。

3. 动作描写。紧张与激动。

四、圣诞老人是爱的象征，我们要像传说中的圣诞老人那样，多给人们送去关爱。

36 我要画什么

三、1. a　2. b　3. c　4. d

四、一张崭新的办公桌，一个大球场，一个凉篷，一台全自动洗衣机，好多好多双眼睛，送给老师、足球队员、民警叔叔、妈妈、爸爸、妈妈的工友们

37 麦琪和她的天才班

四、1. 惊喜。

2. 先是恍然大悟，再是欣慰。

第九单元　感悟人生哲理

38 错出来的成功

三、1. "几乎"差不多，说明他失败的严重程度。

2. 说明他获得了巨大的成功。

39 有阳光就够了

三、1. 比喻　2. 排比　3. 比喻、引用

四、每个人都要善于运用自己的优势。

40 长大了就不苦

二、既指生理上的成熟，又指心理上的成熟。

41 在一朵花中休息

四、人应该把自己的灵魂寄托在洁净美好的地方。

五、"属于自己的那朵花"指的是能使自己的心灵得到寄托的事物。

第十单元　放飞美丽梦想

42 想想十年后的自己

三、1. "刻"说明记忆之深。

2. "渐渐"，"慢慢"都写的是自己获得成功的过程。

43 呵护孩子的梦

四、1. 表示解释。

2. 表法递进。

3. 表示顺接。

4. 表示解释。

44 通往梦想的路

四、1. 不自信。

2. 惊喜。

3. 得意。

五、1. 过渡句。

2. 总结全文。

45 别让人偷走你的梦

三、1. 拥有一个牧马场。

2. 获得生活和事业上的某种成功。

四、年少时的有些梦想本来可以成为长大后的成功现实，可是，由于自己没有坚持，受到别人的影响，有的梦想并没有能够成为现实。由此可见，坚持是实现梦想的秘诀之一。

46 上大学去

二、1. 夸张　2. 比喻　3. 拟人

三、1. 美丽的大学校园激起的强烈的憧憬。

2. 在老师面前想起以前自己的幼稚感到羞愧。

第十一单元　共建和谐家园

47 寻找山清水秀的地方

四、"看不下去"→"没办法"→"不甘心"。

六、赞美小伙子心中强烈的环境意识，批评个别人的破坏环境的行为。

48 交朋友

四、因为鲍勃问到的正是汤姆妈妈精心设计的一个

机会。汤姆感到很得意,因为他知道妈妈的用意。

49 青蛙卖泥塘

二、1. 不能调换,因为事情是有先后顺序的。

2. 能换前面两个,因为这几件事情是并列的。

四、老牛,野鸭,小鸟,蝴蝶,小兔,小猴,小狐狸。

五、因为它发现自己的泥塘已经变得很好了。

50 没有路的路

四、"不得不"是指在没有任何办法的前提下;"只好"只是表示退一步。前者比后者的语气和语意都更重一些。

五、给清溪川这条河加"盖子",改建成一条高速路,另建一条新的高速路;然后又拆"盖子",拆高速路,恢复清溪川。

第十二单元 探索未知世界

51 水也有思想情感

三、1. 疑问 引起读者的兴趣。

2. 证明人类的思想及情感是可以改变水分子的结构的 水也有思想情感 让我们自己和周边的人恢复健康。

52 海底玻璃之谜

五、列数据的说明方法。例:常压下水沸腾需要达到100℃。

53 神秘的"无底洞"

四、1. 是个疑问句,2. 是个反问句。前者是怀疑的语气,后者是肯定的语气。

54 一个美女四个肾

五、"停留了很久""怪异的眼光""笑着说"。"惊讶不已""兴奋不已"。